潜水艇

サブマリン

〔日〕伊坂幸太郎 著

吕灵芝 译

南海出版公司

新经典文化股份有限公司
www.readinglife.com
出　品

潜水艇

0

"呃……你姓什么来着？棚丹①？"

"阵内主任，他姓棚冈。"我慌忙提醒。

我和阵内坐在汽车后座，中间夹着一个少年。他就是棚冈佑真。

"武藤，你这么较真，不会被老婆骂吗？"

"不是说，无论如何都不能拿别人的名字开玩笑嘛。"

"说那种话的人一定不是什么好东西。"

"那人就是阵内主任你。"

车内瞬间陷入死寂。坐在中间的棚冈佑真一直低着头，面无表情。我平时接触的大多是惹了事的少年，而那些少年中，有不少是爱赌气的。这个棚冈佑真此刻就在怄气。

① 原文为"棚ボタ"，是谚语"棚からぼた餅"的略语，直译为从架子上掉下牡丹饼，意为福自天降。

我不禁想起儿子。他现在还会被幼儿园的女孩子欺负哭，连小他两岁的妹妹都对付不来，总是皱着一张小脸，看起来在强忍着泪水。再过十几年，他会变成我眼前这个少年的样子吗？我实在无法想象。

"嘲笑名字、头发多少、一紧张就会脸红这种人家根本无法控制的事情很低俗，一点都不好笑。"

"刚才还管人家叫棚丹的人说出这种话，真是太让人信服了。"

阵内板着脸沉默了。他似乎在拼命思考如何反驳，但很快又如同自首的罪犯一样啪地合起掌，朝旁边的少年一拜："抱歉，拿你的名字开玩笑是我的错。"这一点都不像那个无论面对多么毫无胜算的战斗也要负隅顽抗，最终闹得自己没有台阶可下的阵内，太干脆了。

车子正开往东京少年鉴别所。身边这个少年接受警方调查、拘留、结束拘留后，从拘留所被移送至家庭法院①。法官面谈之后，做出了"需要实施监护措施"的判断，于是少年又被移送到鉴别所。家庭法院职员负责乘车陪同前往，本来是按顺序轮值，结果阵内横插进来，喊着"我要去，我要去"，跟了过来。他大概很闲吧，但规矩可不会只因为很闲就改变，所以他就东拉西扯了一堆正当理由。别人自然根本没心思听他说话，只是嫌他太烦了，才说"那就让阵内主任去吧"。

---

① 日本的一种初级法院，审判和调解家庭内部事件和青少年刑事案件，于 1949 年开设。

"对了，武藤，我刚知道了一个让人大失所望的消息。"

"刚调过来却发现又要跟主任共事时，我也大失所望。这个消息还要更令我大失所望吗？"

在工作调动后又见到了阵内，我大吃一惊，而那个自由奔放、最不喜欢循规蹈矩的阵内竟然参加了主任级别的晋升考试，还拿到了头衔，这个消息对我来说才更像是晴天霹雳。那种感觉就好像得知一个特立独行的艺术家突然开始老老实实地去做全套体检。然而，当上主任的阵内还是跟以前一模一样，可以预想到，跟这样的主任在一个组里干活肯定会吃苦头。家庭法院的调查官通常是三人一组。我祈祷不要跟阵内分到同一组，可有时候越祈祷就越不能如愿，我顺利地成了阵内的组员。我不禁仰天长叹：这就是所谓的命中注定吧！

跟我们同组的另一个人，是一个大概比我年轻点的调查官，名叫木更津安奈，是一个难以捉摸的女人。我不知道她身体里是不是流淌着血，或者说是不是流淌着跟我们同样颜色的血，总之，这个人从来不流露任何感情，谈不上死气沉沉，口头禅却是"没必要做到那种程度吧？"世间大多数事情都很难说"真的有必要做到那种程度"，可是被她那么一说，古埃及建筑和人类科学进步恐怕都要遭到否定。人们做事往往不是经过利益权衡的，而是心血来潮、突发奇想，或是实在没有办法了。至少我是这样。因此我很想说：如果什么都要纠结是否必要，那干脆躺进胶囊旅馆睡到死算了。但我可以预料到，木更津安奈一定会万分认真地回答"如果真有那种胶囊旅馆，我马上就住进去"，所以也就没有开口。

如此这般，身处职场的我被裹挟在麻烦精阵内和搞不清到底有没有干劲的木更津安奈中间，每日只能仰望天花板叹气。如果可以根据盯天花板看的时间来算工资，那半年后我就是富豪了。

"不是都说弘法不择笔①嘛。"阵内突然压低声音，仿佛在说邻居的闲话，"其实那个弘法，就是空海②。"

"他字写得很好吧，是个书法名家，三笔之一。"

"你说什么呢？"

"就像三个火枪手一样，三巨头？"

交谈过程中，坐在中间的棚冈佑真一直低着头，闷不吭声。

"弘法不择笔，意思是弘法的书法很棒，不会刻意挑选使用的笔。"

"对，真正的高手不依赖工具。"

"其实不是那么回事。"

"不是吗？"

"据说弘法还是会挑笔的。"

"啊？"

"真要说起来，他应该是那种'没有好笔写不出来！'的类型。"

我并不认为弘法大师是那样的人。

---

① 意为有才能的人不会在意环境或工具上的劣势。
② 日本僧人，谥号弘法大师，是日本古代书法写得最好的三个人之一，另外两人是嵯峨天皇和橘逸势。

阵内继续说道："很失望吧？完全颠覆谚语格言，这样真的好吗？就算不刻意去说弘法其实会挑笔，不也是很正常的吗？无论是谁都会挑剔。这叫人到底该相信什么才好？而且，谚语中出现专有名词的情况实在少见，比如'河童也会溺水''猴子也会从树上掉下来'，这些都没有专有名词吧？所以，就算有人说'有些猴子是不会从树上掉下来的'，你也可以说'不，有些猴子是会从树上掉下来的'。可是，一旦变成专有名词，在证实弘法大师确实会挑笔的那一刻，整句谚语就变得毫无意义了。如果我生在创作那句谚语的时代，就能提上一两句建议了。"

"什么建议？"

"'将专有名词加入谚语是有风险的'之类的。真是太过分了，对吧，棚冈？"

棚冈佑真看都没看阵内一眼。他一动不动地盯着脚尖，看上去似乎在反省自己的罪行，又好像在为自己的人生为什么会变成这样而烦恼，甚至有点自暴自弃的感觉。

大约十五分钟后，鉴别所出现在眼前。

"喂，棚丹。"阵内似乎觉得应该说几句话道别。棚冈佑真如同蜡像般一动不动。"现在心情如何？"

每一个被移送的少年表现的态度各有不同。虽说态度不同，但大致可以分为几个类型：有的少年神情紧张，想象着今后将要面对什么；有的少年满脸怒气，还没彻底戒掉对大人和社会的任性反抗，总想着不能示弱，铁了心绝不谄媚；还有的少年不知是难以忍受沉默，还是想窥探大人的反应，会乖巧地主动交谈。这个从头到尾不吭声的棚冈佑真，表现并没什么特别。

"你是不是在想，这次搞砸了？"阵内若无其事地继续道。唯独这个时候，棚冈佑真飞快地转头，看了阵内一眼。"虽说没有驾照，但你应该是个开车老手，怎么会发生这么严重的车祸？开车东张西望了？"

车子停了。

带着双手被铐在一起的棚冈佑真走进鉴别所，将他移交给职员后，我稍微松了口气。我并没有特别担心他会突然反抗或逃跑，但能毫无意外地完成移交，还是让我放心了不少。

"对于夺走别人的性命，他到底是怎么想的？"

通常情况下，检察厅刚把"案子"送到家庭法院时，尚未指派负责的调查官，虽然通过案件记录能大致掌握情况，但难以把握细节。

棚冈佑真的案子却清楚明了。高中毕业就出来打工的十九岁少年①棚冈佑真无证超速驾驶，冲进人行道，撞死一名正在慢跑的中年男子。这事一出，就被电视新闻详细报道了一番。所幸当时是清晨，若再晚些，很可能将上学路上的孩子卷入车祸。后来调查发现，棚冈佑真是无证驾驶的惯犯，经常偷车来开，这下激起了众怒。要说那个"众"指的是谁，自然是说不清楚的，大概跟"猴子也

---

① 日本现行《少年法》所指的少年是未满20岁者，即未成年人。

会从树上掉下来"里的"猴子"差不多。总之，社会舆论的走向开始集中到"不能原谅这个目无法纪的少年"上。

无证驾驶并导致有人员死亡的车祸，这在原则上要移送回检察官[1]。尽管如此，却也不能简单地往送过来的资料上贴上标签，声称条件都符合了就送过去。原则毕竟只是原则，家庭法院必须根据少年的本性和事故的性质做出判断，考虑是否要采取刑事处分以外的方式。当然，这些都要由我们家庭法院调查官来调查。

"棚丹的案子比较受社会关注，武藤，你肯定很想接手吧？"

阵内的语气实在过于理所当然，让我一时间难以明白他的意图，不禁愣住了。"说什么呢？我才不接。"

"像你这种爱出风头的人，不接可真是太稀奇了。"

"主任，你误会了。我最讨厌出风头。"

"哦。"阵内含糊地应了一声，也不知到底有没有明白我的话。"要真让你来负责，可别生气。"

"生气倒不会，这是工作。"

"有句话好像是这么说的，弘法不择笔。"

"听说那是骗人的。"

"骗人的？太让我失望了。"

---

[1] 日本《少年法》规定，未成年犯罪者由警方移送至检察官后，检察官会将案件移送至家庭法院，若家庭法院调查后认定犯罪情节重大，有必要予以刑事处分，则会将案子移送回检察官，由检察官进行进一步侦查并起诉。

1

"武藤先生，麻烦你专程跑一趟，真是不好意思。不过，俊不是不会被起诉了吗？"小山田俊的母亲大声说道。每次和她见面，她好像都很忙。小山田家位于高级住宅区，一看就给人一种特别高级的感觉。一楼是车库，里面停的车全是连我这个不懂车的人都知道的高级货。家里的每一面墙都雪白无瑕，荡漾着一种从地板到天花板都彻底消过毒的清洁感。

"小山田夫人，我要和您说清楚，我并没有说俊不会被起诉。"

所谓不起诉，一般适用于成年人的刑事案件。对未成年人的审判跟一般的审判不同，是以改善不良行为、争取洗心革面的教育为主。如果裁定为保护处分，就会送进少年院①或接受保护观察；

①日本收容家庭法院所移送的受保护处分者的国家设施，对其进行矫正教育。

如果认定悔过的可能性非常大，就会裁定为不处分或不审判。

太放任了！未成年人也应该受到与成年人同样的惩罚。我知道有很多人都有这种想法。

例如我的妻子，她在与我相识之前，甚至不知道家庭法院调查官这种职业。只要新闻上出现未成年人犯下残忍案件的报道，她就会感叹："为什么那人干了这么残忍的事都没被判死刑啊！"而最近她则会苦笑着在后面加一句："过去我都是这么想的。"或许是因为目睹了我的工作，准确来说，应该是被迫听我抱怨了各种工作上的事情，她逐渐明白犯案少年有各种情况，并不能全都将其定性为穷凶极恶的歹徒。但她时常也会反问："可我还是无法接受。这个少年真的不是歹徒吗？"而我的回答都是："有可能不是。"不过，正因为干了这样一份工作，我也确实不能天真地断言"所有人都能悔过自新"。因为其中会有各种情况，案件和涉案人员也各有不同。

"可是，审判都结束了，为什么武藤先生还要过来？啊，一定是迷上了我做的饭菜。"小山田俊的母亲飞快地说。她身材娇小，容貌可称得上美女，一想到什么事情就会毫不犹豫地说出来，给人八面玲珑的感觉，总让我觉得难以应对。她没有刻意打扮，两片唇瓣的光泽却散发着美艳。

"试验观察并不代表审判结束。我们想再观察一段时间。"

"观察什么啊，把人家儿子说得跟虫子似的。"

有一句回一句，如此一来一回的反应速度让我佩服不已。我接道：“总之，接下来这段时间我都会定期与俊面谈。”

打开家庭法院的官网主页，可以看到试验观察的定义：“家庭法院调查官针对未成年人的悔过情况给予建言和指导，持续观察，确认其是否对自身的问题做出了改善。法官将根据调查官的观察结果等资料，做出处理决定。”

“武藤先生来啦。我妈是不是又讲废话了？”

我转向声音传出的方向，只见一个身穿运动服的瘦削少年正站在门口。这个面色苍白的高中生正是小山田俊。尽管他一脸天真无邪，但我每次看见他，都觉得自己在被上下审视。他以优异的成绩考上了东京名列前茅的高升学率高中，但几乎很少露面。

“他说要观察你，所以刚才我说他了，你又不是喇叭花。”

“来我房间？”小山田俊问。

“快去吧，我也要上班去了。”他母亲恐怕把我当成了突然造访儿子的朋友，“武藤先生，我得走了，你跟俊聊完就赶紧回去吧。”

虽说是针对少年的调查，但分析家庭背景，与监护人面谈也十分重要，母亲自然不能置身事外。小山田俊的母亲扔下这么一句话就匆匆忙忙地跑出去了，我虽然决定不叫住她，但直到最后，我也没能说出心中的反驳：我可没吃过您做的饭菜。

本来我想问问她俊的近况，但之前已经问过好几次，大致能预料到回答的内容了。“那孩子总是把自己关在房间里，我怎么知道他是什么情况呢？武藤先生，你说啊，不打开箱子，能说出里面的水果是什么情况吗？"

或许我应该反驳，要主动打开箱子，实在打不开也要从缝隙里窥探，毕竟想办法确认里面的情况才是父母的职责，但想到自己每天都在孩子睡觉后才回家，把家里的事完全丢给妻子，我没能说出口。

这是我第二次进入小山田俊的房间。八叠①大的空间收拾得干净整齐，一点也不像青春期少年的卧室，更像个实验室。书桌上放着一台笔记本电脑。

"随便坐。"

他虽这么说，周围却没有半把椅子，我只好坐在了木地板上。

小山田俊似乎想打开电脑，却突然转了过来，对我露出一丝微笑。

"你笑什么？"

"没什么，我就是想，武藤先生竟真的乖乖坐下了。"

"什么意思？"

"阵内先生当时一屁股坐到我腿上来了。你能想象吗？那个大叔竟然往人家大腿上坐。"小山田俊拍了拍腿，"他还挺不高兴地说：'你不是说了可以随便坐嘛。'那人到底怎么回事？"

"我也不太清楚。这么说，阵内主任来过？"

"是啊，你不知道吗？那个人是不是很闲？"

---

① 日本计量房屋面积的单位，1 叠约为 1.62 平方米。

事到如今，我已经不会对阵内擅自行动感到吃惊了，只想叹气。

"跟那种人一组，想必很辛苦吧。"

"很高兴能得到你的理解。"我感慨地说，"比起跟你们在一起，应付阵内主任更让我头脑混乱。"

随后我又问了小山田俊几个问题，跟闲聊差不多，不痛不痒。就算是这种无关痛痒的话题，在某些孩子面前也可能不太顺利。有些孩子会沉默不语；有些孩子会对提问的意图抱有疑惑；有些孩子想方设法要胜我一筹，专门说些歪理；还有个别孩子几乎从不回家，到各个朋友家去寄宿，见一面都很困难。相比之下，小山田俊一点都不棘手，交流很顺畅。他不仅会回应我的闲聊，还会老老实实地回答我的问题，让我感觉他并没有隐瞒什么。

"武藤先生，那个无证驾驶肇事的男生也是你负责吧？"

"啊？"我差点问他"你是怎么知道的"。

前几天被我送到鉴别所的少年——十九岁的棚冈佑真，最终交给我负责了。看到阵内一脸猜中了的得意表情，我就气不打一处来。

"因为武藤先生看起来就像那种类型。"

"哪种？"

"每次都抽中下下签的类型。那个无证驾驶的案子被媒体炒得沸沸扬扬，这么受关注的案子一般都很难对付吧。家庭法院的调查官应该会觉得很麻烦，对不对？"

"没那种事。"我回答。老实说，我确实觉得很麻烦，但调查官不应该这样想。

"那人不是一大早飙车把人撞死了嘛。"虽然说法听起来粗暴露骨，但我知道小山田俊的本意并不坏，他只是不擅长修饰言辞和考虑他人的感受，才会省去不必要的修饰。"武藤先生，你注定要接那种麻烦的工作，这是命运，就像会负责我的案子一样。"

"确实，你的案子也是群众热议的话题。"

"明明没有死人。"

小山田俊虽然四处寄出恐吓信，但并没有造成人员伤亡。当然，收到写着"去死"两个大字的人无疑会感到恐惧。这种事情接连发生，自然会引来世人的关注。既能激起群众的好奇心，又可以产生社会影响，艺人事务所没有提出抗议，观众也没有因怪诞荒唐而投诉，如此恰到好处的题材，对综艺节目来说求之不得，当然会兴高采烈地大说特说。

那段时间，每次恐吓信被公开，各家媒体就会齐声宣布："又出新作了！"就在电视节目和杂志准备给寄恐吓信的人起个朗朗上口的昵称时，那人居然自首了。自首的人便是小山田俊。由于他还是高一学生，媒体无法大肆炒作。当然，这种未成年人案件特有的隔靴搔痒和不公平感让人们更加愤怒了。可是，在小山田俊的案件全貌被揭露后，那种混乱又变了个模样。原来，收到小山田俊恐吓信（虽说是信，其实只有"去死"二字）的，全都是曾经在网络上发表过恐吓性言论的人。

他恐吓了恐吓者。

"我只是想知道，对别人说'去死'的人，自己收到'去死'的恐吓信时会是什么心情。"我跟小山田俊第一次面谈时，他就像小学生一样噘着嘴，干脆利落地做出了这样的回答。

"真亏你能找到对方的地址。"当时警方已经结束调查，我知道了他弄到那些"恐吓者"地址的方法。

小山田俊只是个不去上学、把自己关在房间里摆弄电脑的少年，现在也一样，他并不具备侦查能力。

"如果你一直上网，总会遇到出口恐吓别人的人，啊，不应该说出口恐吓，应该说写出恐吓。只要遇见那样的人，我就会去获取那人的 IP 地址，如果那人在用 SNS，就从相关的人那里寻找线索。"

"相关的人？"

"就算坚持匿名，也会露出马脚。本人虽然隐藏了身份，但只要去挖掘相识的人的信息，总能找到些什么。如果那人曾经网上购物或网上拍卖过，那也是一个信息源。几年前美国不是出过一件事嘛，说有人给 Gmail 和 Apple 的技术支持打电话，一点点挖掘信息，最后成功盗取了一家杂志社的账号。"

"我可没听说过。"

"只需要一点点推理，还有一门心思地打电话，就能成功盗取。"

"这么简单？"

"任何地方都存在死角。"小山田俊一脸怜悯孩子的表情看着我，好像在说：你连这都不知道吗？"比如，给网购公司打电话是无法问到别人的信用卡卡号的。"

"那肯定不能告诉你。"

"但是，我可以给那个人添加新的卡号。"

"添加？"添加新卡号有什么好处吗？

"然后再打一个电话给客服中心。那样一来，对方就要确认我是否用户本人。"

"你不是用户本人。"而且，一个未成年人应该没有信用卡才对。

"为了确认是否本人，客服会要求我说出卡号的最后四位数，我只要说出刚才添加的卡号就可以。"

"什么意思？"

"只要用这种方法，就能让对方相信我是用户本人。"

我听不太懂。总之小山田俊利用这种方法，把目标对象的信息弄到了手。

"如果知道对方的兴趣爱好，还能伪装成与之相关的网店，送对方礼物。快递公司的单号追踪服务很有用。而且，我也没想把全世界所有恐吓者都找出来，只是把恐吓信寄给我查到住址的人而已。对那些查不到住址的，我没有采取任何行动。不过，武藤先生，看反应，其实超过了半数。"

"什么反应？"

"收到恐吓信会感到恐惧或愤怒的人超过了半数。明明自己也恐吓过别人，换成自己被恐吓却慌了手脚，简直太自私了。"

给恐吓者寄恐吓信究竟是对是错？小山田俊向社会大众抛出这样一个设问。

有人赞同，也有人反对。

想必小山田俊只有十五岁一事也对人们的反应造成了一定影响。小孩子这种想胜过大人的态度，很多人都不喜欢。就算以同样的方式说出同样的话，人们的态度也会因发言者的情况而改变。

"主任，你怎么想？"在审判前的调查期间，我曾这样问。

随着面谈次数增加，我越发觉得小山田俊难以理解。并不是说他有多么神秘，实际上他看起来就是个性格率真的普通高中生，只是我始终不明白他为什么不肯去学校。他并没有遭到校园欺凌，学习也并非跟不上进度。据他母亲说，他好像并没有很努力学习就考上了那所名校，可见他十分聪明。

"你说那个电脑少年吗？像个博士似的。"阵内一脸嫌麻烦的表情，"看到案件记录时，我还以为是个任性妄为的小鬼，就是外面常见的那种。那样的人有什么好神气的？是个人都会上网查资料吧，你会查，我也会查。难道他是想炫耀选择搜索关键词的方法？"

"可是……"

"我知道，那个小山田不是那样的人。他头脑更好，人也更奇怪。"

"被主任说奇怪有点……"

"你什么意思？"

"负负得正嘛。"

阵内皱起眉头。"我可不觉得小山田那种躲起来搞恶作剧的人有什么好的。不过恐吓恐吓者这个想法倒是有点意思。"

　　你这"有点意思"的说法真的好吗？我不由得担心起来。"那该怎么办？虽说不是严重的犯罪，但不处分也说不过去。"

　　"那个脑子灵光的小子会误以为这不算什么。"

　　"有可能。"我虽然嘴上这么说，但心里还是觉得小山田俊并非那种孩子。

　　阵内也说："不过，他应该不是那种人。"随后又说，"再观察一段时间吧，如果是我，一定这么做。"

　　于是我提出"试验观察"，得以通过。

　　"那个阵内先生真是个怪人。"小山田俊说。

　　"这也是负负得正。"

　　"什么？"

　　"没什么。你跟阵内主任都聊了些什么？"我想知道阵内是否给小山田俊添了麻烦，"他经常来吗？"

　　"偶尔。"

　　"哦。"

　　"有一次他问我是不是特别擅长摆弄电脑。"

　　小山田俊当时疑惑地回答："是又怎么样？"而阵内接下来的话是："最近的年轻人，不，是所有人，只要有什么不明白的，就会立刻上网搜索，而且会对网上写的东西深信不疑。这也是可以利用的。"

　　小山田俊说："当时他的语气，仿佛是在邀我一起去打劫珠宝店。总之，那个人好像想在网上写些能给自己行方便的东西。"

"啊？"

"他说只要在网上写得煞有介事，大家就会相信。"

"他到底想让别人相信什么？"

"大多都与他负责过的犯案少年发生过的争执有关。"

"什么样的争执？"

"比如汉字的读法。'细君^①'这个词只有'SAIKUN'这一个读音，可他好像一直读成'HOSOGIMI'。我猜他是因为这件事被哪个少年嘲笑过。"

"哦。"

"他一直耿耿于怀，想在网上发表言论，称曾有把那个词念成'HOSOGIMI'的时代。"

"哦……"

"还有，'殿下蝗虫^②'是平贺源内^③起的名字。"

"那是真的？"

"肯定不是啊，只是阵内先生以为是真的。"

看来，阵内为了把他的臆想变成现实，故意在网上留下自己捏造的似是而非的信息。确实，如果是小山田俊，要在各类网站，例如网络问答页面或留言板散布那些信息，应该轻而易举。

---

① 日语中对自己妻子的谦称。
② 原文为"トノサマバッタ"，飞蝗的一种。
③ 日本江户中期的科学家、本草学家、通俗小说家。

"还有打碎汽车挡风玻璃的方法和足球比赛的纪录之类。"

"全都是捏造的？"

"好像都是他自己想当然、深信不疑的事情。可能是以前听谁说过，然后当真了吧。他就是想在被人嘲笑的时候反驳一句'不信你去网上查查'而已，应该算是历史修正主义者吧？"

"我觉得不是。"

"他是你的上司？"

"算是吧。"

"真同情你。"

我竟被这话感动了。"也许他是想用那种话题跟你拉近距离。"

"可我一拒绝，他就气呼呼地丢下一句'装得那么厉害结果不会啊'，然后离开了。我可不觉得那是想跟我拉近距离。"

"真对不起。"为什么我得替阵内道歉啊？随后我又问了小山田俊一些他的现状，如我所料，只得到了"跟以前一样"的平淡回答。最后，他用略带同情的口吻说："毕竟这是工作，武藤先生你也不得不问，对吧？"

"对了，有件事想请武藤先生帮忙。"

"什么事？"我挺直身子。他的话让我心中一阵窃喜，或许是因为人都会想派上用场吧。我想起前几天妻子在读的育儿书。书上说，孩子帮家长完成一件事情时，比起称赞"你真棒"，"你真是帮大忙了"更能激发孩子的积极性，让他们开心。我不知道这是真是假，但一想到自己能帮到别人，确实满足感会油然而生。

"就是这个。"小山田俊边说边操作电脑。稍远处传来一声机械的响动，转头一看，打印机正在打印。小山田俊什么也没说，也没见他有准备从椅子上站起来的意思，我便领悟到那是我的任务。拿起纸一看，上面罗列着几个网址、日期和几段文字。"这是……"

"网络上的杀人预告。"

"啊！"我心里一惊，再次看向手上的纸。

"网络上不是经常出现一些非常吓人的留言吗？例如'我安装了炸弹''我会安装炸弹'，还有'我要杀了你''干掉你'之类的。"小山田俊的语气很平淡，俨然正在讲课的教授，"虽然大部分都是在营造气氛或发泄。"

"这几年警方一直在追捕那些人，可是这样的恶作剧还是不见减少。"

"有的人觉得不会被抓，有的人认为反正被抓也不会判死刑，还有的人或许根本没有考虑过那些事情。"

面对小山田俊的冷静分析，我只能频频点头。

"看到比自己顺利、幸福的人，就不由自主地想去攻击，这是人性使然。而且大脑的结构好像就是将自己的快乐建立在他人的痛苦之上，这点动物也一样。"

"是吗？"

"据说是通过小白鼠实验证实的。连老鼠都会忌妒比自己更自由的老鼠，换成人类就更不用说了。"

糟了。听着小山田俊的说明，我不禁暗想。我无意包庇，只是在我接触他的这段时间里，并不觉得他是那种恶毒少年，如果可以，我还想尽量在调查报告中让他免于保护观察的处分。可如今他在跟我大谈特谈人类的恐吓心理，很难说得上反省啊。

"实际上，按照预告去执行的人并不多。大部分人都在说出那些话之后就得到了满足。发出杀人预告和实际杀人之间有一道深邃的鸿沟，只是并非所有人都无法跨越那道鸿沟。"

"是啊。"我心想，还有的人就算没有发出预告也会去杀人。

"武藤先生，你也知道，我相当于这一行的专家了。"

"你说的这一行是指哪一行？"

"网络恐吓、暴力预告之类。我调查了大量那类人的信息，现在已经能在一定程度上做出判断了。"

"你要判断什么？"

"发表那些话的人真的会付诸行动，还是只是说说而已，是否言而有信。"

"你这么一说，让我感觉那些真的会付诸行动的人很了不起。"

"其实百分之一都不到。"

"因为那有一道深邃的鸿沟。"

"没错，但一和零始终是有区别的。刚才打印出来的，都是变成了实际案例的预告，目前总共有五件。"

我再次将视线移到纸上，只见上面横着写下的义字都是"杀掉孩子""在车站大开杀戒"之类。尽管只是普通的明朝字体，却散发着阴沉的诅咒气息。恐吓信下方还附有新闻报道，这些应该都是在网上发布恐吓信的人当真犯下的案子。

"我想强调一点，那些恐吓信都不是案发后我才挖掘出来的。顺序恰恰相反，在案子发生前，我便盯上这些人，预计他们真的会犯案。"

"然后，案子真的发生了？"我感到难以置信，这简直就像预言家装神弄鬼的手法。可是，小山田俊没有理由说谎。

"那小子就像不申请专利的爱迪生。"阵内曾如此评价小山田俊。

"什么意思？"

"他喜欢发明和实验，却觉得发不发表都无所谓。"

"哦。"我有点明白了。小山田俊并没有自我炫耀的欲望，低调得令人惊讶。

"意思是说，你能看穿犯罪预告的真伪？"

"与其说看穿，倒不如说是对有意犯罪的人写的恐吓信有种特殊感应。当然，也不是所有我觉得可疑的人最后都犯罪了。"

我继续翻阅。"我要弄死他""我要活捉那女人"等充满恶意的言论不断跳出来，让我陷入压抑。

"你看看最后一页。"

"这一页怎么了？"那上面罗列着——应该说是也罗列着可怕恶毒的字句。

"那是还没成为新闻报道的犯罪预告。恐吓者虽然发出了预告，但还没执行。"

我瞬间产生了一种看到死鱼突然蹦起来的心情，差点没抓住手上的纸。"这东西发布到网上了？"

"那上面不是有网址嘛。"

"报警了吗？"

"可能有人报了，不过那是一条隐藏地址的匿名发言，内容也非常含糊，所以警察很有可能将其判断为常见的恶作剧了。不过……"

"又怎么了？"

"直觉告诉我，那是真的。"

我看着手上的纸。那上面都是小山田俊此前猜中的事实，都是不能因为这是直觉就轻易忽视的证据。

"这个人很可能马上就要作案了，在小学。"

"那……"我开了个头，却不知如何继续，我该说"那可麻烦了""那太过分了"，还是"那可要想想办法了"呢？

"如果事情真的发生了，就证明我的直觉是准的。"

"只能寄希望于你的直觉不准了。"我真的很想祈祷。

"如果想防患于未然，武藤先生就去查查吧，总比祈祷要有效果。"

"为什么不报警？"

"你仔细想一想，警察是根本不会认真听我说的，而且我也不喜欢。"

"不喜欢？"

"我正处在试验观察期间啊。我只想老老实实地被观察，跟警察扯上关系只会惹来一身腥，警察可能会怀疑我在恶作剧。"

在他说出"只想老老实实地被观察"这句话的瞬间，我就明白他其实毫无反省之意了。不过，我可以理解他的意思。

"我会继续收集信息的，只要武藤先生找出嫌疑人或者阻止犯罪，不就好了？"

"你说得倒轻巧……"

2

在鉴别所的调查室，与我对坐的棚冈佑真毫无生气，一脸沮丧。

我从年龄开始向他确认各种情况和生活经历，他总是回答"是"，就算跟他说"如果与事实不符一定要告诉我"，他也只说"是"。于是我故作幽默地说："那在你想说'是'的时候，尝试说一下'不是'吧。"尽管如此，他还是回了我一句"是"，这让我羞愧得想低下头。他甚至连看都不看我一眼。

"那天的车，是你偷来的吧？"

"是。"

"那辆车一直停在附近的月租停车场，你就盯上了？"

"是。"

"钥匙是从哪儿来的？"其实这些警方已经调查过。那辆老旧的黑色奥德赛的车主将钥匙藏在了自古流传的位置——遮阳板后面，所以轻易就能把车偷走。

对这个问题，他连"是"都没有回答。

"你平时都在什么时候开车？啊，你是在哪儿学会开车的？"

关于这个问题，警方也提供了信息。网络上到处都能找到驾驶的教学视频，棚冈佑真就边看边学会了。他趁天亮前还没什么人的时候偷走奥德赛，在公园的大型停车场里练习驾驶，最后熟练掌握了。

"你都已经十九岁了，只要考到驾照，不就可以光明正大地开车了？"

"是。"

"你是觉得无证驾驶更刺激？"

"是。"

"车技有进步吗？"

"是。"

"那天出事有什么原因吗？"

"是。"

"为什么？"

"是。"

对话并不像打乒乓球那样能够顺畅地一来一回，我观察着对方的反应，每次提问都像棒球投手那样抱着每一球都要直取死角的心情。

"再说'是'，我可就要罚款了。"

"是。"

看来这种像小学生之间的问答行不通。

我想先将他无证驾驶而引起的车祸放一放，针对另一场车祸提问，但最终还是放弃了。已经到嘴边的话被我咽了回去，又来到嘴边，又咽了回去。

我想谈的，是他父母遭遇的车祸。

要提起那个话题并不是为了满足我的好奇心，也不是出于我觉得有趣，而是因为那是一项与他的人生经历相关的非常重要的调查。尽管如此，我还是犹豫了。

从此前的对话中可以猜测，他对我敞开心扉似乎不太可能，一旦我提起那件事，他一定会连窗子都关闭、上锁，甚至还会缠上两圈铁链。那就好像是面对着一个写着大大的"关"字的按钮，我实在没有勇气按下去。

"你跟伯父谈过了吗？"

"是。"

"他很担心你吧？"

"是。"

"你伯父说，其实你不是坏孩子。"

"是。"

说到这个份儿上，我已经无球可投了。可就在我抛出下一个问题的瞬间，他的反应出现了变化。

"你并不是故意要撞那个慢跑的人，对吧？"

提这个问题我并没有特别的用意，只是投了个有点偏的球，想试试对方的反应，观察一下，但之前连挥棒击球的姿势都没有做过的棚冈佑真却突然打算挥棒，吓了我一跳。只见他眼神突然起了变化，浑身散发出随时要扑过来的气场。他一副惊讶的表情，身体僵住了，紧接着回答："不是。"

我没有意识到他这个回答的意义有多么重大，追问道："你刚才那是什么意思？"可是，他并没有再给出任何回答。

回到家庭法院，听到木更津安奈那句"这里面有内情"的提醒后，我才意识到当时应该深挖下去。

"难道那是决定性的一球？"

"你在说什么？"

"没什么。"

"难道他是故意的？"

"故意？你是说，他故意撞那个人？可他为什么要那么做？"

"你问我，我也不知道。"木更津安奈面无表情地摆了摆手，"不过，那个人真倒霉，他好像还很年轻。"

"四十五岁。"棚冈佑真开车撞倒的男子当场死亡。

"这么年轻，跟主任差不多大吧。"

"是啊。"我不记得阵内的确切年龄，但应该差不多。

我不禁想象起那个四十五岁就离开这个世界的人被剥夺的未来。漆黑而泥泞的苦楚，或许该说是孤独感，涌进我的脑中。身体仿佛变得空荡荡的，强烈的不安将我淹没。太突然了，死得太突然了。我又想到夺走那个人人生的棚冈佑真，胸口感到一阵抽痛。他夺走了一个人的人生，是这起事故的罪魁祸首。

"说起主任……"木更津安奈压低了声音，"我不记得具体时间了，不久前，我去过一家咖啡厅，是家私人经营的复古小店，我头一次进。我走进去时，看到主任正跟一个奇怪的大叔坐在角落里。"

"怎么个奇怪法？"

"啊，我只是一不小心脱口而出了，其实也没有很奇怪。"木更津安奈马上做出更正，"只是他和主任坐在一起显得很奇怪。"

"会不会是主任手上某个案子的相关人员？也许是陪同人。"陪同人，即处理未成年人案件的律师。"不过要开会的话，完全可以在这里开啊。"

"主任当时非常生气。"

"生气？"

"当时他们正对着一些好像文件的东西，我听不到他们的谈话。那到底是什么呢？我本来想下次见到主任问问他，结果忘了。"

"那是房东。"背后传来一个声音，我转过头，发现阵内站在不远处。

"房东？出租公寓住宅的房东吗？"

"没错。"

"你没交房租？"

"不是。"阵内没好气地说完，挠了挠耳朵，"那人没孩子，正在为死后财产该给谁而烦恼，于是我就提议说干脆给我算了。"

我无奈地想，那句话到底有几分是真的呢？但再仔细一想，也不能完全肯定那是谎言。这正是阵内可怕的地方。

"主任，你是不是骗那个大叔了？我看人家都哭了。"

"我没骗他，他也没哭啊。"

"眼泪都在打转了。"

阵内和木更津安奈都是那种想当然的人，总喜欢凭一己之见对事物做出臆断，所以两边都不太可信。

阵内沉默了片刻，我还以为终于安静下来了，结果扭头一看，发现他正用典型的偷窥姿势看我打开的资料，把我吓了一跳。

"你干吗一惊一乍的，我又不是在看你外遇对象给你写的信。"

"我倒想问主任，你干吗悄无声息地偷看我的东西？"

"偷看不都是悄无声息的吗？我以为你在看外遇对象给你写的信。"

"麻烦你不要以我有外遇对象为前提说话。"

"没有吗？"

"当然没有！"

"从什么时候开始的？"

"从最开始就没有过。"

"主任呢？"木更津安奈突然插话，"我知道你没结婚，那有没有恋爱对象？无论男女。"

"那你自己呢？"阵内粗鲁地问了一句。

木更津安奈面无表情地回答："听说，你这样已经构成性骚扰了。"

"我只不过是把你投过来的球打回去而已。"阵内叹息道。随后，话题又回到了棚冈佑真的案子上。"被害人的家庭状况是什么样的？好像有个女儿？"

"他离婚后一直独居。前妻和女儿都回老家了。"

"他一定是那种每天早上都要慢跑、从不偷懒的认真性格。"

我又不由自主地想到了那个人生被一辆突然冲上人行道的汽车彻底打碎的男子。虽然本能地想逃避那种恐惧，但身为调查官的我告诫自己不能逃避。那个男子一定很不甘心。

"那小子是什么感受？"

"那小子指谁？"

"那个开车把人撞死的少年，人称棚丹的棚冈。"

"他得了一种只会说'是'的病。"

"那是什么？"

我跟阵内讲了面谈的情况，阵内一脸无趣地噘起了嘴。"最后遭殃的是他自己。"

"这没办法从得失的角度来考虑吧。"这在原则上是应该移送回检察官的案件，如无意外会进行刑事审判，也不知道他到底对这个情况理解了多少。

"他的父母呢？"

"棚冈佑真从小就被寄养在亲戚家。"我看了一眼档案，"好像有点棘手。"

"怎么说？"

"他的父母都在车祸中去世了。"

面谈时，我迟迟找不到时机向棚冈佑真提起的，就是这个话题。棚冈佑真四岁那年，他一家人行驶在高速公路上，前方突然有车撞上中央隔离带。棚冈佑真的父亲恐怕是那种看到事故发生无法置之不理的性格，当即停下车打算上前查看情况，却有一辆车从后方疾驰而来。母亲慌忙上前想把父亲拽回来，结果两人都被撞倒了。我还记得在电视上看到过那起令人心痛不已的事故的新闻报道。对我来说，那是在遥远的某处发生在两个陌生人身上的事故，我只是感叹了片刻，并没有抱以太多关心，也没有记在心上。毕竟那种事情实在太多了。

新闻提到车上还坐着那对夫妻的儿子，我当时痛心地想，突然失去父母的他该如何面对接下来的人生呢？当然，这也只是看到新闻那一刻的想法，之后很快便遗忘了。因为我做梦都没想到，在接下来的人生中还会与长大后的那个孩子碰面。

"父母因车祸去世，孩子长大后在车祸中夺走别人的性命，真是太让人痛心了。"我半带感叹地说着，看向阵内。

"是啊。"阵内皱着眉，似乎在思考。

"怎么了？"

"再让我看看棚丹的资料。"话音刚落，阵内就一把抓过我桌上的资料。

"主任，你应该早就看过这个了。"我顿了顿，略带嘲讽地补充道，"因为你是主任嘛。"

"只是浏览罢了。"阵内面不改色地说道。

真不愧为越不在理就越觉得自己有理的人，他竟大大方方地看起了资料。只是，就算是阵内，面对因车祸失去父母的孩子十五年后变成肇事者这种命运的作弄、不祥的巧合，好像也无法掩饰惊讶。

"你怎么看？"

"你这个问题问得有点像蹩脚的采访。"

"这不是采访，只是普通的对话。"

"嗯。"阵内看起来有点心不在焉。不一会儿，他自言自语般说："有二就有三。"紧接着，他像想要碾碎纸上的那些话语一般，啪地合起资料，还给了我。

"等等，主任，你是说在父母的事故和这次的事故之后，还会有下一起事故？不要讲那么不吉利的话。"

"我的预言又不一定会成真。"

"不是会不会成真的问题，能不能麻烦你别讲那种可怕的话。"

阵内露出厌烦的表情，沉默着离开了办公室。

"好难得啊。"木更津安奈说。

"什么？"

"主任竟然说自己的预言不一定会成真。平时他不是总说，自己的预言一定会中这种一味自我肯定的话吗？"

"是吗？"

"嗯，他一定是觉得自己确实说错话了。"

"会在意自己说错话的主任……"我喃喃道。老实讲，在我看来，这跟告诉我甘地会家暴一样不对路。

3

这里是双向四车道靠近十字路口的位置。清晨六点半，还没到上班上学的时间，没什么车经过，每分钟只有一两辆。

我正沿着棚冈佑真驾驶的路线行走。我尝试模拟他无证驾驶一辆时速六十公里——远超过速度上限的汽车，从南向北笔直行进的视角。

为了在十字路口右转，车子提前进入右侧车道，丝毫没有减速，直直冲进路口，飞速拐弯。因为车速很快，转弯的弧度较大，他勉强把车身维持在了车道内。尽管如此，可能因为失去了平衡，没开多远车就冲上了人行道，事故便发生了。

车道上还留有车胎摩擦的痕迹。那几道黑线看起来有点像黑胶唱片的沟槽，仿佛只要把唱针放上，就能回放出车祸的冲撞声、被害人的惨叫、人生被撕碎的残酷旋律。

车道和人行道之间安装了护栏，其中一部分被连根拔起，应该是被车撞坏的。在栏杆的残骸旁边留下痕迹的怪物，夺走了被害人的性命，也瞬间摧毁了加害人的人生。

那里摆放着祭奠死者的花束。其中应该有与被害人相熟的人献上的，可能还有看到事故报道后感到无比痛心、来到现场的普通人献上的。被人无证驾车夺去性命，这一定是世上最难以让人接受的死因之一。因此，人们对被害人抱以莫大的同情，同时对加害人表现出更深的愤怒。那些同情、不甘、愤怒和哀悯，最终汇聚成了放在这里的花束，也体现了世间对这起案件的高度关注。

站在花束前，我不由得想象起车祸之后的混乱状况。

我想到棚冈佑真的脸。那个低头坐在鉴别所的调查室、只知道回答"是"的少年，当车子冲断护栏撞倒行人时，他坐在驾驶席上在想什么呢？

我记得那辆车的挡风玻璃被撞裂了。他当时是不是呆滞地凝视着眼前的蛛网状裂纹呢？

棚冈佑真绝口不提车祸发生时的情况，我觉得到现场来应该能了解一些，便在上班前提前出门，来这里一趟。"你专门跑一趟，但很可能什么都发现不了。"妻子无奈地提醒。她的预测十分准确。她还笑着说："你有那个时间，还不如帮忙给儿子准备早餐，或喂女儿断乳食品，这样至少有一个人能得到帮助。"

旁边走来一个与我母亲年纪相仿的妇人，她站在花束前双手合十。我担心在这里碍事准备离开，突然听到她问："你是死者家属吗？"

"不是。"我慌忙摆手。其实我也想问她同样的问题。

"真过分啊。"妇人说。

"嗯，是啊，真的是。"虽然不太清楚她在针对什么抒发感慨，我还是应了一句。

"你想啊，反正是少年犯，肯定不会受重罚。明明夺走了一条人命。"

因为《少年法》的目的在于让他们改过自新，而不是予以惩罚。不过这话说出来也没什么用，她想要的并不是这种解释。

"既然开车把人撞死了，就该也被车撞一下。以眼还眼，以牙还牙。"

"是。"我能理解她的心情。其实不仅限于未成年人犯罪，在听到杀人犯没有被判死刑，理由之一是"只有一名死者"时，面对如此荒谬的理由，任何人都会不知从何反驳。难道人命不是以一换一吗？杀人还要先到先得？一想到这里，就会想去寻找自认为合理的规则。可那样的规则不会太过时吗？

"凶手肯定没在反省。"妇人说，"他一定没把社会当回事。那种年轻人，就算把人撞死了，也只会觉得'哎呀，这下麻烦了'而已，对吧？"

"不知道啊。"是否在反省、是否意识到犯了罪、到底有多后悔，这些恐怕连少年自己都无法把握。一个未曾与之谋面的人，仅凭新闻报道就想判断出少年的心情，简直难上加难。尽管如此，我仍无法否定那种心情。人们的心中总是充满了"一定"和"反正"。"他到底在想什么呢？"即便如此，我们依旧要设法理解少年的想法，探究他们的真心。虽然很困难，却不能放弃，还要时刻牢记着这种困难。

"没有驾照还出来飙车，简直太荒唐了！要是时间再晚一点，就有可能撞到上学的小学生了。太可怕了！"妇人抬手遮住了嘴，"我觉得啊，未成年人应该跟成年人接受同样的惩罚。"

"是。"我根本无意反驳，也没有必要告诉她这种案子很可能会进入刑事审判。"不过我总是在想，那要从几岁起才好呢？"

"我不太明白你的意思。"

"我有一个四岁的儿子和一个两岁的女儿。"

"哎呀，他们一定很可爱吧。我也有孙子了。"

"假设我儿子到了上小学的年龄，有一天不小心骑上了开着引擎的摩托车……"

"小学生可以骑吗？"

"假设他不小心推了一下，结果摩托车动了起来，撞到了人。"

"你的想象力真丰富。可那又不是故意的。"

"假设他是初中生呢？"

"现在有些初中生也挺坏。不过，其中也有完全没有恶意或确实不是故意的情况，所以也没办法。至于恶作剧……"

假设那个初中生的家庭环境非常恶劣呢？

人不是机器，在成长过程中势必会受到周围的影响。

当然，一定有人会说"就算家庭环境不好，有的人还是会规规矩矩地生活"或者"其中绝大部分人都不会犯下那种穷凶极恶的罪行"。我在调查案件时，有人直接对我说过这样的话，我自己也曾看到类似的言论。其实，我完全理解。

说到底，家庭环境完全没问题的人应该几乎不存在。虽然存在贫富差距，而且有钱确实能解决很多问题，但并不说明能有完美的家庭或负责的监护人。我甚至根本不知道完美的家庭该如何定义。自从有了孩子，我切实的感受是，每天都在烦恼什么才是正确的，无论看多少本育儿书，都没办法弄清楚。阵内曾一本正经、不带一丝嫌恶和嘲讽地问："写那本育儿书的人是怎么养育自己孩子的？"我也想问同样的问题。那些育儿书作者的孩子，真的长成了好人，长成了优秀的大人吗？还有，好人到底是指什么样的人呢？

"听说凶手失去了父母。真是太惨了。"妇人继续说道。

此时，我开始怀疑她并不是对惨烈车祸深感同情的过路人，而是更熟悉情况、积极跟人谈论此事的好事者。

"失去父母确实挺惨的。"我把对方的话重新打包一遍说了回去。

"不是那个意思。你瞧，反正人们一听说那种事就会心软。"

"啊。"原来是这个意思。

"就算失去了父母，一般人也不会无证驾驶撞死人吧。那些努力生活的孩子听了要生气的。"

"可能吧。"明明不是当事人却硬要替当事人表达心情，对于这种人，我总是会有点戒备。"那个人一定会这么想"——那些能轻易如此断言的人，都有过分自信的嫌疑，或许他们并没有想过，对当事人来说，那些想当然的断言只会徒增困扰。

我想到了棚冈佑真。

他在高速公路交通事故中失去父母，后来被伯父养大。

当然，伯父一家并非坏人。应该说，他们突然要养育这么一个侄子，因这起事故受到了巨大影响，也算是受害的一方。这就好比状态良好的先发投手突然乱了阵脚，于是中继投手强行提前上场，连到练投区热身的时间都没有。不，不对，伯父一家恐怕根本就没想过自己能上场，简直就是本来在观众席上坐得好好的，却被教练指着鼻子说："你给我上！"

"不过啊，这场车祸真是太惨了。哪怕偏上一点点，旁边牵狗散步的老爷爷也会被撞到。"

"原来还有人在散步？您知道那个老爷爷住哪儿吗？"

"你是警察？"

"啊？"

"寻找目击者不是警察的工作吗？"

我那句话并没有什么深层的用意，只是想如果当时有人在旁边，并且我能找到那个人询问当时的情形，说不定能弄清棚冈佑真到底是怎么开的车。当然，这些警方都已经调查过了。只是根据我并不算太丰富的经验，相比目击者的亲口诉说，公文式的资料确实会漏掉一些细节。对未成年人犯罪的报道，很多时候都存在一些与文章不尽相同的真实情况。

4

妇人离开不久，一个男人牵着狗走了过来。事故目击者！因为刚刚才打听到"牵狗散步的目击者"，我马上先入为主地认定就是他，厚着脸皮跟他搭起话来："不好意思，打扰一下。"直到我问出"您是那起事故的目击者吗"，才发现那只米白色拉布拉多寻回犬身上穿戴着导盲犬的装备。

男人停下脚步，说了一声"帕克，停下"。狗停了下来。

这个男人体形瘦削，年龄不详，戴着墨镜。从那只狗来看，他很有可能是视觉障碍者，而我却问他是不是目击者，这简直是天大的冒犯。可话说出去就收不回来了，我马上补了句"对不起"，紧接着又想到那反而是强调对方残障的进一步冒犯，于是又不由自主地说了句"对不起"。

他笑了笑，转头朝向我。"这里就是车祸发生的十字路口吗？"

"您知道在这里发生了车祸？"这个男人果然就是那天牵狗散步的目击者吗？

"不，今天我是头一次来这里，说白了就是马不停蹄地来凑个热闹。"他苦笑一下，接着说道，"不过它是狗，不是马，应该是狗不停蹄。"他温柔地摸了摸拉布拉多。

"它是导盲犬吗？"

"帕克。"

"查理·帕克。"这个名字我之所以能脱口而出，是因为这是阵内经常提到的萨克斯演奏家的名字。查理·帕克的即兴演奏就好像一只小鸟化作过山车划过天空一般，简直太棒了！阵内总是如此热情洋溢地评论。对我来说，这个话题除了"啊"之外，实在别无应答。有一次，我觉得还是要说点什么，就回了一句："既然如此，主任也去当萨克斯演奏家好了。"结果阵内却反问："武藤，难道你吃了世界上最好吃的咖喱，就会想开咖喱店吗？"我真不明白，自己只是迎合他的话题，为什么反倒要被责问？

"有了导盲犬真的可以拓宽行动范围吗？"我只是觉得得说点什么。

"走到不熟悉的地方还是挺害怕的。"男人回答道，"帕克一定也提心吊胆。"

"可您今天还是决定到这里来？"

"我是专门打车过来的。"他耸了耸肩。这人把头发修剪得很短，比起运动员，更像时尚杂志的模特，不过看起来没那么年轻。

"就在附近下的车。"

"专门打车过来？"

"算是凑热闹的楷模吧。"他自我评价道，"特地牵着导盲犬打车到现场附近转悠。"

"它又不是警犬。"

"我听说有人目击了车祸，就想来打听打听。这附近没有目击者吗？"

"其实我也刚刚听说有人目击，就放在心上了。据说车祸发生时，有人牵着狗在附近散步。"现在回想起来，那人好像是个老爷爷。

"所以你就误以为是我了。不过，就算我能看见……"他皱着眉头说，"我也不想看到车祸的场面。"

"您跟死者有关系吗？"

"不，完全没关系。"他笑着说。那你为什么要专门跑过来？我还没来得及问出这句话，他接着说："听说目击者是位老人，好像性格不怎么好。所以我就想，如果换成同样牵着狗的我，他会不会透露一些情况呢？我觉得同是爱狗人士，应该能互相理解。"

"这是谁想的？"

"是我……"他低头沉默了片刻，仿佛在认真思考接下来要说的话，不一会儿他又说，"朋友。他让我先跟目击者交个朋友。"

"他自己不来，拜托别人？"

"我平时总待在家里，他是想以此为借口，把我赶出来走走。"

"原来是这样。"

"那是不可能的。"

"啊？"

"或许他只是觉得亲自出马太麻烦了。他的原话是：'永濑，你去那附近走走，打听一下车祸发生时的情况吧。狗和狗、主人和主人，应该能找到共同话题。'"

"您的朋友真过分。"我忍不住说出了心里话，慌忙道歉。

对方好像一点都不在意，叹息一声说："是啊，太过分了。其实这已经不是他头一次派我出来了，什么事都扔给我和我的狗。"

不知不觉间，人行道上的行人变多了，我们身边都是背着书包上学的小学生。孩子们发现了导盲犬，都带着警惕和好奇心远远地朝这边张望。

"那您接下来是要寻找那个目击者吗？"一个牵着导盲犬的人，还是在自己不熟悉的地方，恐怕很困难吧。而他的回答也是："我在这附近转转就回去。"

"那您到底是为了什么到这里来呢？"

"没什么。这种事其实也挺有趣的，而且这样也能跟阵内交代，说我去过现场了。"

我的耳朵并没有听漏那个名字，张大嘴愣了片刻。"那个……"我战战兢兢地开口，"我上司是个时刻充满自信、觉得自己无所不能但其实到处给别人添麻烦的人。他很小心眼又不服输，总是在奇怪的事情上纠结，做事经常乱来，口头禅是'真麻烦'。前段时间他还把一个目中无人的高中生领到天台上，强迫人家连续听了整整五个小时的吉他独奏，把人家欺负哭了。"

听到我突如其来的陈述，男人有点不知所措，但好像很快就理解了我的意图，渐渐露出了笑容。只见他耸耸肩，咧开嘴笑了："我可不希望世界上有两个那样的人。"

5

东京家庭法院的入口和机场安检口一样，进去都要穿过金属探测门，并接受随身行李检查。不过，我们这些职员只要出示身份证件，就能从旁边的通道直接进去。

"拜托你下次一定要带证件。"我循声望去，见阵内正在把包里的东西翻出来。他总是忘带证件，所以总是不得不接受安检，不仅如此，他包里装的还都是些会被检测出来的东西。这次检测出来的是鳄鱼玩具和小球，难怪警卫会嘱咐他下次一定要带证件。

我站在电梯间，阵内一边摆弄手提包一边走了过来。"武藤，你在等我？"

"我为什么要等你。"我虽然嘴上这么说，其实真的在等他。

还有几人跟我们一起乘上了电梯。电梯开始上升，我瞬间感到身体猛地向下坠落。

"主任，你曾经向一个录像带出租店的店员表白过？"

这是我这几天一直藏在心里的王牌杀手锏。由于我实在压抑不住紧张和兴奋，声音变得有些尖厉。周围的几名职员虽然装作漫不经心，但很明显都在好奇地关注我们的对话。

"什么？"阵内皱起了眉。我还以为自己说错话了，正忙着后悔，只听他"啊"了一声，目光变得缥缈，表情扭曲起来。他并未脸红，眼珠滴溜溜地转了几下。"你说什么呢。"尽管他只说了这么一句，但我还是看穿了他正在拼命思考我是怎么知道的，如此，我便心满意足了。

"原来阵内主任也会干那种事啊。"站在电梯靠里的位置、比我年长的女职员说。她应该是听到我们的对话了。毕竟我也是故意让大家听到的。虽然她是其他部门的，但阵内在法院内算是个名人，她看起来对向录像带出租店店员表白一事兴趣十足。

"好像是，不过那是他上学时的事情。"我转过头，刻意压低音量对她说。

阵内咂了一下舌，走出电梯后对我说："你见到他了啊。"不愧是头脑聪明的人，很快就锁定了我的信息来源。"你也去了现场？"

"永濑先生看起来挺不错的。"

"你这么高兴干什么？对了，你见到目击车祸的那个人和那只狗了吗？"

"别搞错了，目击者是牵着狗散步的老爷爷。主任也是看过警方的资料后产生疑问的吗？"

"那个大叔一脸不高兴，根本不跟我说话。"

"就是说，你见过那个目击者了？"

"嗯。"

"怎么见到的？"

"上次我去那个十字路口，刚好见到他路过。交谈几句之后，发现他是目击者，就想让他跟我详细说说。结果他没给我好脸色，抱起吉娃娃就走了。"

我们走进办公室，阵内坐到他的办公桌旁，我则站在旁边，继续这个话题。

"肯定是因为主任一点也不客气，问了太多问题，让人家提高警惕了。"

"我可是说了'Sir'的。"

"Sir？"

"英语会话教科书上不都写了嘛。和不知道姓名的长者说话时，要称呼对方为'Sir'。"

"你们可不是在用英语对话。"

"日语真麻烦。"

"为什么？"

"因为日语里有郑重语、敬语之类的玩意儿，一开口就能确定双方的上下级关系了。'A先生，您今天从哪里大驾光临啊？''我从家里来的，B。'你听了这样的对话会怎么想？ A先生和B，谁是上级？"

"那自然是——"

"对吧。日语，就是一种把人的上下级关系嵌入话语的语言。"

"可是……"我明白阵内的意思，但我并不讨厌日语的这种特质。基于这种特质，人们往往不会明确地回答"Yes"或"No"，而倾向用"这个嘛……那样说的话……"这种暧昧的形式来模糊处理。比起非黑即白的文化，我更喜欢这种。"主任，我想问的是，你为什么要去现场？"

"难道你想说，热心工作的人只有你吗？"

"不，我并不想说我自己，只是没想到主任你会如此热心。"

"这太让我惊讶了。"阵内伸直双腿，整个人瘫倒在椅背上，几乎像睡在了上面，随后双手托住后脑勺说，"我明明如此热心工作，却没能让你感受到。"

"真是对不起。"

"其实没什么特殊的理由。棚丹的案子很受关注，网上和电视上都在报道，有真有假，而且负责案子的调查官还这么靠不住，所以我认为该独自行动起来了。"

"那主任为何不从一开始就负责这个案子？"

"要是我早点知道，我就接过来了。"

"知道什么？"

"知道什么，就那个啊。"阵内没再继续解释，"赶紧干活去吧。"

我没空一直追问下去，再加上不知何时走进办公室的木更津安奈在旁边开玩笑般问"你们一大早在讨论什么呢"，我便回到了自己的座位。

"喂，武藤，你在那里遇到永濑，然后就没什么了吗？"

"什么意思？"

阵内欲言又止。他虽然极力控制表情，但我还是看出他松了一口气。"那就没什么了。"

"不过，我们交换了电话号码。"我有种给松懈的敌军杀了个回马枪的快感。

"可恶！"阵内咂了咂舌。不知他是想中和刚才脱口而出的不雅之词，还是只是想说说看，很快他又接了一句："Sir。"

午休时，我正在吃便当，阵内走了过来。"我这都是为了你好，就算永濑他们打电话给你，你也最好不要扯上关系。"他装作一副"我有点在意，所以提醒你一下"的样子，但很明显是在拼命死守阵地。

"永濑他们？你还有别的朋友？"看到阵内脸上那副因说漏嘴而后悔不已的表情，我感到十分愉悦。

"他们都不是坏人，就是喜欢撒谎，你小心一点。"

"我会小心的。"我心不在焉地回答。

"什么喜欢撒谎啊？"阵内离开后，坐在对面的木更津安奈凑过来问。她虽不太关心八卦，但喜欢打听。一不注意，就会发现她已经凑过来了。

我懒得跟她详细解释，只告诉她阵内去过事故现场了。

她的反应跟我几乎一模一样。"他对工作有这么热心？"

"是吧。"

"主任这个人真是猜不透。他总是说'那些小屁孩根本是在撒娇耍赖，我们越上心，他们就越堕落，随便应付一下就好了，随便应付'，可有时候又突然特别积极。问他怎么回事，又会说因为那家伙是喜欢什么爵士乐专辑的好小子之类的话。他到底是怎么回事啊？公私不分，还是偏心眼？"

"他确实会这样。"

"我想到了！"

"什么？"

"主任为什么会去现场，为什么会突然对这个案子感兴趣。我想到原因了。"

"什么原因？"

"那会不会是主任负责过的孩子？"

"啊？"

"自己负责过的孩子又犯了案，换成是谁都会在意吧？"

回想起来，阵内确实在看了棚冈佑真的调查报告后变得有点奇怪。"在我提到棚冈佑真父母的事情后，主任确实有些怪怪的。"

"父母的事情？"

"棚冈佑真的父母在一场车祸中去世了。"

"啊……"就算是一向面无表情的木更津安奈，也忍不住流露出了情感。做着这份工作，想必她也知道，父母不和或缺失，以及暴力行为，必定会给孩子造成影响。完美的父母跟美好的时代一样从不存在，但在孩子的成长过程中，扮演庇护者、障碍物、反面教材的父母会给孩子造成决定性的影响。"或许主任是因为那个突然有了想法。"

"觉得那个肇事者可能是他认识的孩子吗？"毕竟，在车祸中失去父母这种遭遇并不常见。

"不过，如果是以前犯过案的，应该会留下记录。"

"但是他没有记录。"

"会不会是工作之外认识的人？"

"不知道。"话音刚落，我脑中突然闪过了什么。"以前的案子"这个词像皮球一样四处弹跳，让我有种灵光乍现的预感。这一预感在脑海中挥之不去，可是，除了"棚冈佑真该不会……"之外，我再也组织不出具体的言语。

"这种事再怎么想都不可能想明白的。"木更津安奈突然说道，紧接着站了起来，"不如直接去问更快。"说完，她走向刚刚回到办公室的阵内。"主任，我想问你件事。"

6

在接手棚冈佑真的案子不久，我曾请他的伯父棚冈清来法院谈过一次，听到阵内提供的新情况后，我感到有必要再请他来一趟。对方连续两次拖延了见面的日期，最后要求我上门去找，于是我来到了他家位于练马区的公寓。

"迟迟未能应邀拜访，真是抱歉。"

单看地段和气派的外观，就知道这所公寓绝不便宜。我到达的时间是下午四点，太阳还未落山，室内却挺昏暗的。客厅里有一台大彩电和一套沙发，电视旁边的遥控器上明显积着灰尘。旁边的大书架上摆满了英语标题的专业书和百科全书。开放式的厨房干净整齐，里面方便面堆成了小山，证明几乎没人做饭。

"大学的工作好不容易告一段落了。"棚冈清戴着眼镜，头发稀疏，发红的双眼应该是睡眠不足所致。上回见他时还是一副与私立大学药学院教授身份完全相符的知性模样，现在看起来却像个在家闭门不出的孱弱中年男人。可能是因为穿着家居服，乍一看让人觉得他这段时间憔悴了不少。

"大学最近很辛苦吗？"我只是想问他是不是忙着学生考试和实验指导，但话说出口之后，才察觉那有可能被理解为其他意思。

"还是会有人打电话过来，也给学生添了不少麻烦。"

棚冈佑真一案被媒体大肆报道，就像其他案子那样，加害人的个人信息在网络上疯传。那只会给我们制造麻烦，也让人愤慨不已，或经常会有种"又来了"的无奈。这已经成了未成年人犯案后必然出现的龙卷风一样的事态，是无从预防的天灾。与其忧心忡忡，不如想办法减损。

"我一直在跟律师商讨对策，大学也挺照顾我们的，但我觉得还是休息一段时间比较好。"

我不太清楚私立大学的聘用制度，但并不认为一个教授能轻易申请到休假。

棚冈清走进厨房，拿着一个小杯子走了回来。"家里只有麦茶。"他似乎并没有从车祸发生后的慌乱中解脱出来。"我妻子在世时，家里从没断过麦茶。"

他的妻子，即养育了棚冈佑真的伯母，两年前因癌症去世了。棚冈清说，从那以后，他就提不起兴致做饭，经常连澡都懒得泡。但唯独会一直喝麦茶，茶壶空了就重新煮，那就是他唯一的"生活"。

"我想给死者家属写封信。"被棚冈佑真开车撞死的男人几乎无亲无故，几年前跟他离婚的妻子也早已移出了户籍，所以我不知道该不该称她为死者家属，但为了表示反省，棚冈清和棚冈佑真都应该给她写信致歉。"也想跟律师再保持一段时间的联系。"

即使是未成年人案件，也可以请律师。这种情况下，律师被称为陪同人，充当的角色与一般刑事案件有所不同。在案件被移送家庭法院到正式审判的短短四周内，他们与调查官和法官交流信息，不仅要致力减轻对未成年人的处罚，更要探索引导未成年人改过自新的道路。尽管如此，作为专业人士，律师也想尽量做出成果。有的律师会想尽办法减轻对未成年人的处罚，骄傲地说出"我做到了"；有的律师只会采取一些例行公事的行动；还有部分律师会十分热心积极，发表恰当意见，以此获得法官的信任，意见书的内容几乎会被法官全盘采用。

棚冈佑真的陪同人是个中规中矩的律师。他或许没有熊熊燃烧的热情，但知道根据以往的经验做出正确的应对，跟我会面时表现得十分老练，迅速整理好了必须处理的事情。

"跟武藤先生初次见面时，我脑子里实在太混乱了，完全不记得自己说了什么。"

"您说佑真绝不是个坏孩子。"

可能是在法院这个陌生场所感到紧张，加上刚刚得知案件的消息，棚冈清当时好像披着一副厚厚的铠甲。因为还没弄清楚我究竟是敌是友，他一直在强调"佑真一直都很努力""他是个温柔的孩子"。可当我问他是否知道佑真盗窃车辆并无证驾驶的事情时，他的表情马上黯淡下来，摇了摇头，好像随时要哭出来。他叹了口气，说："是啊，尽管我把自己当成他亲生父亲一样努力了，可我对他还是一无所知。"

"也不能说一无所知。"我并非是要安慰他，因为他和他去世的妻子并不是对佑真毫不关心，这点我能看出来。只是他们对佑真的"无证驾驶游戏"不知情，而这种游戏竟会演变成如此事态，我只能感慨是他们的不幸了。

我喝了一口麦茶，决定进入正题。

几天前，木更津安奈从阵内那里问到了新的信息。起初阵内嫌麻烦一直在装傻，后来我也加入了诘问阵营，不断逼问他为什么会对那个案子感兴趣，最后他总算老实交代了。

"佑真以前也被卷入过车祸吧？"

"你是说他父母遭遇的那场高速公路上的车祸吗？"

"不，是那件事之后。十年前，他还在上小学的时候。"

棚冈清看向我，像是刚想起那件事，想问我是怎么知道的。"我其实无意隐瞒，只是那对佑真来说也不是什么美好的回忆。"

事情是这样的。

几个小学生在上学途中，突然有一辆车冲上了人行道，遵守交通规则、乖乖等待信号灯的三个小学生被撞个正着，一人不幸身亡。

棚冈佑真当时就站在被撞死的那个孩子旁边。

"调查问卷上并没有提到。"

"啊，要写上比较好吗？"

我会要求监护人提交调查问卷，监护人须提供关于未成年人的各种信息，以及今后的辅导想法。确实没必要把那件事也详细写上去，毕竟发生在小学时期，更何况棚冈佑真并非当事人，只是目击者。

"那三个孩子关系特别好，还会到彼此家里玩。我那段时间工作忙碌，几乎一直待在大学里，妻子经常跟我提起他们三个。"

"那场车祸应该让佑真受到了很大打击吧？"这根本没必要问。

"这么说可能有点奇怪，那场车祸对佑真的打击实在太大，仿佛成了一场噩梦，一场异常恐怖的噩梦。"

"好像脱离了现实？"

"可能因为他当时还是个孩子，虽然现在也还是个孩子……他的记忆出现了缺失。虽然没能马上复原，但后来总算恢复了日常生活。"

"你们一家从埼玉搬过来，就是因为那场车祸？"

棚冈清没有否认。"不过，那种事果然还是会留下记录，对吗？"

"啊？"

"佑真当时目击了车祸，后来被警察叫去问话了。只是他并非受害者，严格来说属于受害者，怎么说呢……"

"没什么关系。"虽说是目击者，但其实跟局外人差不多。

"武藤先生，既然你知道那件事，说明档案中有记录吧？还是从邻居那里听到的？不过，我们搬过来之后就没提过那件事。"

我不知是否该跟他说实话。可是，看着眼前筋疲力尽、憔悴不堪的棚冈清，我不忍给他增添更多烦恼，于是告诉他："当时那场车祸的肇事司机也是一个孩子。"

"唉……"棚冈清发出一声近乎呻吟的感慨，"原来是一个少年开车走神造成的啊。这么说来，那个少年也是由家庭法院的调查官负责吧？"

"是的。"

阵内是那个少年的负责人。那是他在埼玉县的家庭法院工作时接到的案子。"当时我跟目击车祸的孩子谈过话。"阵内皱着眉说，"其中一个就是我们的棚丹。"

"是在调查过程中见到的吗？"我们主要针对身为加害人的少年进行调查，但也会找被害人及其相关人员谈话。不过就算那两个小学生是目击者，在车祸发生不久、精神状态还不稳定的情况下，我认为没有必要专门去找他们。

"是他们主动到家庭法院来的，"阵内的语气少有地沉重，"两个人结伴。"

"两个人？那两个小学生？"

"可能在哪儿听说家庭法院的一个大叔可以决定如何处罚凶手吧。当时那两个孩子在前台大喊，说'请不要原谅那个开车杀了我们朋友的人'。"

"那可真是……"让人心里不好受。

"他们在前台闹时，我刚好路过，就被他们逮住了。好歹也是负责调查的人，我就跟他们谈了谈。"

他们一定对撞死了好朋友的凶手恨之入骨吧。我不禁咬紧了牙关。

"当时其中一个孩子说，我的爸爸妈妈也在车祸中死了，还一直追问我为什么他要受那种罪。"

"你是怎么说的？"

"我对他说，要是汽车没被发明出来，这一切就不会发生了。"

听了那种话，孩子们可不会得到安慰。就算不是孩子也不会因此得到安慰。但我知道阵内并没有调侃的意思。阵内满是遗憾地对我说："那个瞬间，我真的非常痛恨汽车。"

"之前谈论棚丹时，武藤你提到了他父母死于高速公路上的车祸，我就觉得怎么有点耳熟。后来再看调查问卷，发现棚丹以前在埼玉居住过。"

"所以你就去了事故现场？"

以前负责的少年又出了事，会关心也是理所当然。这虽然与"当时的小孩子已经长这么大了"的感慨截然不同，但毫不关心也不太可能。但我又觉得，关心和动身前往现场还是有很大差别的。

"他是不是该去消消灾啊。"

"消灾？"

"这已经是棚丹第三次卷入车祸了。父母、朋友，然后是自己，而且还是出了人命的严重事故。这难道不可怕吗？我觉得他该去消消灾。"

"那你有必要到现场去吗？"

"我只是突然想去看看而已。难道那个路口是你的，只有你能去？我也可以去嘛。"

他总是这样，一旦情况对自己不利，就会想出一大堆孩子气的话糊弄过去。

"引起那场车祸的少年并没有被判死刑吧？"棚冈清一口喝完麦茶，对我说道。他喃喃的"死刑"二字毫无半点戏谑，听起来异常沉重。

因为未成年人犯罪比较特殊，而且那是一场意外交通事故，就算是故意杀人案，要判死刑也需要一定的条件。种种说辞在我脑中攒动，像蜘蛛网般纠缠在一起，最后我只回了一声"嗯"。我实在无法对他说，那个少年被送到少年院，关了几年就回归社会了。

"那人今年多大了？"

"已经过去了十年，应该是二十九岁。"

棚冈清稍微抬起头。我以为他会看向我，但并没有对上他的目光。他双眼无神，仿佛在凝视室内的某一点。"跟佑真一样啊，都是十九岁。"

"嗯。"

"曾经救了那个凶手一命的法律，这次又会挽救佑真吗？我真不知道该说是讽刺还是不可思议。我记得，当时那个凶手是持有驾照的。"棚冈清的肩膀耷拉下来。眼看着他越来越泄气，我却无法堵住那个让空气渐渐流失的洞口。"佑真没有驾照，会不会被认定为性质恶劣呢？"

他说得对，无证驾驶是个重大过错。《少年法》规定，无证驾驶造成死亡，应视为含有故意成分。当然，并不是一开始就这样。现实中未成年人犯下的案子和世人对那些案子的评价，都在一点一点地改变着法律。

"如果不能从佑真本人那里问出详情，我也不好说。"我决定再问几个有关十年前那场车祸的问题。"当时另外一个孩子现在怎么样了？"

"另外一个？我记得好像叫守。我也不知道他的情况。"棚冈清说完，站了起来，"佑真的房间里可能还放着以前的贺年卡，要去看看吗？"棚冈清好像认为我要去见守。

在本人不在场的情况下擅自进入房间，这让我有点难办，而且房间主人还是个处在青春期的少年，更是敏感，但我就是说不出那句"还是算了"。这说明我其实还是很想看看的，待我回过神来，已经站在那间六叠大小、铺着木地板的房间里了。

房间比我想象的要整齐。书桌上只摆着国语辞典、英日辞典和几本补习学校的教材，墙上一张海报都没有。我以为棚冈清整理了房间，但他说并非如此。"那孩子很爱干净，也很勤快。可能是因为妻子以前常告诉他，把房间打扫干净能让心情更平静吧。"棚冈清打开壁橱，抽出一个文件夹翻开，"佑真把贺年卡都放在这本通讯录里。"

我看了看书架，上面摆着几本热门小说和夏目漱石的作品。最吸引我的是三本旧漫画，封面已经磨损了不少，被单独放在一边，似乎有着特殊待遇。我轻轻把那几本漫画取了下来，翻开封面，里面是漫画家的插画形象，写着近况之类的内容，而漫画本身可谓典型的少年漫画，是一个剑与魔法的奇幻故事。再看出版时间，已经是十多年前，是棚冈佑真还在上小学、并未在事故中失去朋友的时候。

棚冈清刚才说，那场车祸对佑真来说好像一场可怕的噩梦，可能已经从他的记忆中遗失了。可是，这三本旧漫画却好像是铭记死去的朋友和害死朋友的凶手的标记，是真实的记忆载体，散发着与梦截然相反的真实感。我在上面并没看到想要遗忘的情绪，反倒看出了绝不忘却的决心。

"小学时的那场车祸，会对酌情处理佑真的案子有帮助吗？"棚冈清严肃地问，"我是不是该把这个告诉律师？"

因为发生了那样的事故，才导致现在这起事故的发生，这种解释可能具有一定的说服力。法官在知晓这一情况后，说不定会考虑减轻处罚。只是，针对这个案子究竟有没有效果呢？朋友死于车祸，十年后自己开车撞死别人——提出这一主张，似乎不太可能得到什么同情。

7

我在调查室见到了棚冈佑真。可能是因为穿着的运动服颜色很浅，他看起来一副毫无生气的样子。既然如此，他的戒心会不会比上次弱了一些，甚至会回答我的问题呢？至少应该会收回只以"是"作答的态度吧。可是我还是过于天真了。尽管他一脸憔悴，对我问的所有问题还是都面无表情地回答了"是"。

不过，我也掌握了新的球路。"我接下来要提到的事，对你来说可能非常痛苦。"

"是。"

"能给我讲讲十年前那场车祸吗？"

棚冈佑真出现了变化。他突然抬起头，仿佛刚发现面前有一个人，又花了片刻让目光慢慢聚焦。他的双唇动了一下，在我看来，那就像一扇坚固沉重的大门抖落一地铁锈，伴随着刺耳的摩擦声缓缓打开一般。当然，我做好了那扇沉重的大门后面依旧只有一个"是"的心理准备，所幸事情并没有我想象的那样糟糕。"不是十五年前吗？"

我忍住探出身体的冲动。"十五年前你父母遭遇的那场车祸的确非常惨痛，但我想问的，是十年前发生在你朋友身上的那场车祸。"

棚冈佑真的反应并不激烈，但脸上的肌肉还是抽搐了一下。他既没有表现出往事败露的沮丧，也没有问我是如何知道的。想必他也明白，我知道那件事的可能性并非为零。

"那是很久以前的事情了，我记不太清楚。"他低声回答。

"你一定受到了很大打击，对吧？"

"可能吧。"

"后来你没有变得害怕汽车吗？"虽然担心语气不够自然，有些战战兢兢，但我还是只能朝着死角拼命投出手上的球。

棚冈佑真仿佛陷入了回忆，声音也变得孩子气。"很怕。"

"一直到什么时候？"

"啊？"

"这只是我不经大脑的冲动想法。我觉得你有过那样的遭遇，会因此而害怕汽车，会不想再坐汽车才对。然而你却一直无证驾驶，让我有点意外。"

棚冈佑真嘴唇紧闭。那应该不是因为被我戳中了痛处，只是单纯的气恼而已。

"难道有法律规定，小时候遇到过车祸的人以后就不能开车了？"

"没有，倒是有法律规定没有驾照不准开车。"我说。

听到这句话，棚冈佑真沮丧地垂下头。"是啊，是我把那个人……"虽说是一时冲动的反驳，但他好像为刻意回避肇事事实的行为感到羞愧，那双轻轻颤抖的手看起来并不像演戏。

"我到你家跟你伯父谈过了。"

"伯父还好吗？"可能是因为终于脱离了"只能说'是'教"，将自己从此前的戒律中解放了出来，他主动问起了问题。"他的工作因为我受了不少累吧。我总是给他添麻烦。"

"你伯父当然不可能什么事都没有，但也没卷入什么麻烦。"现在让他陷入不安没什么好处，我就没说棚冈清暂时离开大学的事。"对了，你后来没跟田村守见过面吗？"

"田村守？"他好像在重复一个陌生的名字，可看起来又不像在装傻。

"你小学时的朋友，当时跟你一样，也在现场。"田村守是遭遇那场车祸的三人之一。

我还没说完，棚冈佑真好像想起来了。"没见过。我们后来只互相寄过贺年卡。"我本想问他想不想见田村守，可最终还是把话咽了回去。无论他的回答是什么，对现状都毫无意义。

从鉴别所回去的路上，我抓着电车的吊环，思考刚才在调查室对棚冈佑真发出的疑问。

对棚冈佑真来说，汽车是害死朋友的凶器，可他为什么会想去开车，而且还是无证驾驶？

难道那是他的一种感情释放？

难道他想证明，开车这种事情即使没有驾照也能轻易做到，以此来强调当时的肇事者有多么可恶？

又或许……我脑海中浮现出"复仇"二字，那是他对汽车的报复？因为憎恨汽车，所以想随心所欲地操纵它？难道他想通过粗鲁地操作方向盘、无视交通信号、让车胎擦出刺耳的声音来伤害汽车？

我很快否定了这一想法。如果憎恨汽车，他大可以用铁锤砸烂车身或用脚踹，无证胡乱驾驶应该无法消解他的愤怒才对。

难道他认为，为了复仇必须先了解自己的敌人？

又或许……只是出于单纯的好奇心？

难道他是想要知道，夺走了父母和朋友的机械究竟是个怎样的东西，真的是能够轻易碾碎人生的怪物？

我究竟应该问什么，又不应该问什么？

这实在难以做出判断。

我真希望有本跟少年打交道的指南，也希望有人出版一些《绝不能说的十句话》《让未成年人敞开心扉的二十问》这样的书，可在现实中，面对每一个少年，正确答案都不一样。

"其实就跟爵士乐差不多。"阵内以前这样说过，"现代爵士乐就是配合对方的旋律进行即兴演奏。敌进，则我退。有时候，对方的旋律还能突然唤醒沉睡在记忆中的乐章。说到底就是一场看谁更能俘获听众的心的争斗。未成年人案件不也一样嘛。"

"跟他们谈话可不能争斗起来，而且也没有听众。"这个比喻似乎有点欠妥。

"管他呢。"

面谈时间即将结束，虽然尚未做出判断，我还是投出了最后一球。"你对十年前那场车祸的肇事者有什么想法吗？"

"啊……"棚冈佑真的脸色越发灰暗了，他紧绷着脸，仿佛在咬紧牙关。我看到了一直被压抑、一直在累积的愤怒。

都怪他。

我听到了那个声音，因为过于微弱而不太真实。

实际上，他的嘴唇并没有动。

8

小山田俊拿起一瓶堆在房间角落的蔬菜汁递给我，因为没有冷藏，喝起来温温的，但他说"习惯就好了"。他还告诉我，因为每天都窝在房间里，所以会特别注意营养的摄取，而且也在进行一定的肌肉锻炼。

"那个车祸肇事男生怎么样了？"我一开始没听明白他的意思。"我是说武藤先生负责的那个案子。"

虽然我手头有好几个案子，但还是一下子就明白了他说的是哪个。不过我不能跟他透露棚冈佑真的事情。我想反问他，身为一个正在被试验观察的人，这么关心别人的案子有什么用？"你找我有什么事？"

"是关于上次的那个话题，网络上的犯罪预告。你帮我调查了吗？"

"没有。"我根本没有答应过要协助他。

"我猜也是。不过，要是真的发生了什么案子，你心里会不舒服吧？"

"无论什么案子，当然是不发生最好。"

小山田俊递给我一张打印纸，上面是一幅地图。我看出那是埼玉县一处比较靠近东京的住宅区。

"有人要在这里装炸弹？"

"比较常见的犯罪预告不都是'几月几日炸毁政府大楼''下周日到体育馆大开杀戒'这样的嘛。如果有人报警，警方也会有所戒备。不过，会干这种事的人多半是想寻求快感，只是想迫使活动终止，给很多人添麻烦，夺走他人的乐趣，以此来获得满足。"

"或许吧。"

"真正要做出危险行为的人不会放出任何预告，因为他们不希望有人横加阻拦，就算要预告，也不会公开详细计划。"

"或许吧。"

"最可怕的，是那种平时一点点累积对人、对社会的怨恨，"他这个说法仿佛把那当成了不懈的努力和存款，"又把其中满溢出来的部分流露在网络上的人。"

我看向手中的纸，上面写着："听着小学生的说话声从外面传来，我就忍不住想杀掉他。"这跟前几天他给我的那些纸上的内容几乎一样。"看到这种东西没人报警吗？"

"因为这不是明确的预告，只是感想。"小山田俊像机器人一样面无表情，"但直觉告诉我，这个人是真的。"

"真的？"

"他好像有个SNS账号，我跟他聊了几句，诱导他上了另外一个网站，然后我得到了他的IP地址。大致分析后，我把他的地址锁定在了那张地图上。"

我看着地图。"只靠IP地址应该没办法锁定到这么详细的地点吧？"

"没错，不过那种事并不重要。"小山田俊说。

"什么？"

"假设那个人曾经在拍卖网站购物，这只是假设，那么他有可能会在SNS上透露自己拍到了什么。那样一来，我就可以去找那个时间点之前不久的交易记录。只要能够查看到参与拍卖的用户信息，就能查出他的姓名和住址了，我是说可能。"

"嗯……"我感觉心跳好像快了百分之五十，"你的意思是，你查到了那个人的账号密码，登录了他的账号？"

盗取用户账号可是犯罪。现在告诉我他还在犯罪，我可是会大伤脑筋的。

小山田俊没有表现出丝毫动摇，淡定自若地说："怎么可能？这只是假设，是虚构的。我只是想说，那种做法确实存在。当然，我没有做。因为我……"

"什么？"

"还在试验观察期间啊，怎么可能会顶风作案？总之，我想办法把那个人的居住范围锁定在了这片区域。"

"如果是拍卖信息，应该能找到那个人的详细住址吧？"

"如果选择邮局自取，就没办法查到了。"

"发出预告的男人……好像还不能确定那是个男人吧？"

"是男的。只要留意他的发言就能看出来。"

"那个男人选择了邮局自取？"这样一来，地图上的区域应该是根据邮局来锁定的。

"可能吧。"小山田俊含糊其词，"因为我没有窃取拍卖账号的信息，所以无法断定。"

"嗯，毕竟这只是假设。"

"我怎么会盗取别人的用户信息呢。"

"对啊。"我嘴上回答着，内心却陷入了不安。这个让人看不透的少年，真的能这么放任不管吗？我此刻的心情就好像手上拿着一把野草，却不知它是药还是毒。

"时间是下周一，那地图上有三所小学，我有点担心。"

"小学？"

"一直郁愤难平的人，往往会盯上比自己弱小的目标，而那个人在发言中明确表达了对无忧无虑的小学生的怨恨。"

"孩子也是有烦恼的。"

"我很早以前就盯上这个人了，觉得他有可能会袭击小学生，而且我觉得下周一是最危险的。"

"为什么？"

"因为我看到他有一条发言，说希望在降生之日结束人生。"

"他的生日？"

"用户信息里有出生日期。"

我已经不想再听到用户账号这个话题了。"你是说，这几所小学会有危险？大概几点？"

"看这人出没的时间，夜晚行动不太可能，应该是早上。说不定他要袭击上学路上的小学生。"

见他如此自信地说出了结论，我不禁有点紧张。

"可是我又不能到那里去。"

"你完全可以离开房间啊。"

"就算我离开了房间，要跑到埼玉县也太麻烦了，而且万一卷入什么麻烦也很让人头疼。外面的世界好可怕。"最后那句话，他完全是用戏谑的口吻说出来的。

如果小山田俊真的在小学附近遭遇了麻烦，必定会引来质疑：东京的逃学高中生怎么会跑到这里来？

"不，"我突然回过神来，"等等，我去那里也很不自然。人家肯定会问我怎么预料到会有犯罪要发生的。"

"你就说这是家庭法院调查官的第六感。"

"我可说不出口。"我不知道究竟会有怎样的事态发生，甚至不知道究竟会不会出事。万一真的出事了，我肯定不能说"这是一个正在接受试验观察的少年猜到的"。

"武藤先生跟我不一样，你是大人，不会有人怀疑的，因为你不可能逃学。我真的很担心周一会出事。"虽说如此，他看上去一点都不担心。

"还是报警吧。没必要说是你根据网络上的信息推理出来的，只要匿名告诉警方好像有人准备对小学生下手，警方自然就会在小学附近戒备了。万一那个人真的打算动手，只要有警察和监护人在场，他也不会得逞。"

"当然那样也可以。只要武藤先生不介意匿名报警。"小山田俊说道，但他似乎觉得这样很没意思。我问他理由，他是这样回答的："因为，如果那个人见到警察戒备森严而放弃了犯罪，就无法证实我的猜想到底准不准了。"

9

若是学生时代还好说，到了这把年纪我还被请到别人家做客，还吃了一顿饭，实在是太稀罕了。餐桌上放着一块铁板，优子正把铁板上的大阪烧翻过来，同时对我说了一句："你多吃点。"

"但不要勉强。"永濑轻声补充道，他正用叉子把一块切好的大阪烧送进嘴里。"武藤，今天把你请过来吃饭，家里人没有生气吧？"

"我妻子正好带孩子回娘家了。"岳父突然想带几个孙辈去钓鱼，妻子觉得反正明天是周末，不如让老人家见见孩子。而我因为工作只能留在家中，这时候恰好接到了永濑的电话，说想听听阵内在职场的情况。

"是想知道他的职场风范吗？"

"我猜他根本没有堪称职场风范的工作态度，只是担心他给你

75

们添麻烦。"

他确实是个大麻烦精——我差点脱口而出。

"如果方便，来我家吃顿饭吧。"永濑还说，他的太太优子也很希望我去。

一般情况下我都会拒绝这种邀请。跑到一个并不熟悉的人的家里做客已经够无礼了，何况也不自在，还不如回到空无一人的家中尽情享受难得的单身自由。但最终我还是决定去永濑家拜访，理由非常简单。

"我就想看看，能跟那个阵内交朋友的究竟是什么样的人。"听到我的话，永濑笑了，他似乎很喜欢我说"那个阵内"时的语气。

"简直就像在说'那个大名鼎鼎的伏尔泰'。"优子说。

我问永濑是什么时候认识阵内的，得到的回答让我吃了一惊——"是在阵内读大学的时候，在一家银行里。当时我们卷入了一起银行抢劫案。"

"那是真事？"阵内曾得意扬扬地炫耀他当过人质，可我从来没当真过。

"那个案子非常复杂。不过，当时的阵内跟现在一模一样。"

"一个大麻烦精。"优子拿起蛋黄酱，在装好盘的大阪烧上画了几排格子。

"但有时候也会说出了不起的话。"

"真的吗？"

"我认为是。武藤，你怎么想？"

"这是我第二次跟阵内共事，可还是完全搞不明白他究竟在想什么。"

"但时不时会讲些了不起的话？"

"确实会。"我承认道，"但马上又会追问'我刚才说的话挺漂亮吧'，让人一下子就扫兴了。"

"我的演奏如此精彩，你们的掌声却不够热烈。"永濑夫妇笑了起来。

"那是什么？"

"查尔斯·明格斯的名言。"

"那是谁？"

"爵士乐音乐家。武藤，你听爵士乐吗？"

"不听，虽然阵内主任经常会给我做解说。"

"这就是那个法则：阵内越热情推荐，人们就越敬而远之。"

"其实我也不太懂爵士乐。虽然谈不上陈腐，但总觉得那是在酒吧里顶着一张苦瓜脸的知识分子才会听的音乐。"

"我也有那种感觉。听爵士乐的人似乎都很傲慢，也可能是我先入为主，总感觉像小孩子在装大人。"

我话音刚落，永濑就站了起来。"不过，爵士乐也有很多种。"只见他走到音响旁，在 CD 架上摸索了一阵，随后选中一张，按了几个按钮开始播放。他既没有撞到周围的家具，操作音响的动作也毫不迟疑，那流畅的动作让我无法挪开目光。

"CD 盒上有条裂痕，我能摸出来。"永濑坐回椅子，似乎猜到了我会有那样的疑问，便主动回答了。

旋律流淌出来。一开始是仿佛鞋跟敲击路面的低沉声伴随着钢琴演奏，接着是管乐器演奏。

"这是查尔斯·明格斯的现场演奏。明格斯是贝斯手，也是乐队队长。他的乐队还有四名萨克斯演奏家和一名小号演奏家。"永濑解释道。

我吃着大阪烧，心不在焉地听着音乐。

"这就是一场即兴比赛。爵士乐本身就有那样的背景，而这场演奏则特别激烈，虽然他们是轮流独奏。"

第一个登场的是萨克斯演奏，乐曲在室内回荡。

"我也很喜欢这个。"优子轻轻摇摆着身体，"就好像大家在按顺序竞赛一样。"

"竞赛？比什么？"

"谁最出色，最能点燃观众的热情。"

"就像争斗一样，这也可以说是爵士乐的本质吧。"

"是这样吗？"阵内上次提到爵士乐时，也用了"争斗"一词。

美妙的旋律缓缓地流淌着。

最初的萨克斯演奏结束后，是一段贝斯演奏，随后永濑说："第二个人登场。"我耳旁响起将木板从墙壁上剥下的声音。好像是上低音萨克斯。第三个人演奏的乐音听起来如同在一边痉挛一边挖洞，时而又飘到空中，给人一种过山车般的飞驰感，让我有点兴奋。

接下来是第四个人。

一开始，音色便与其他人的截然不同。清晰而富有张力的美妙旋律很快转变为类似痉挛的音符，让我联想到癫痫发作的人正在抓挠头皮，却并未让我感到不适。或许是其中夹杂着一些旋律感的缘故，那个抓挠自己的人仿佛是个正在欢笑的少年。不一会儿，类似蒸汽机车汽笛的声音带着强劲的力道从地底喷涌而出。

　　这是咆哮，是巨人的呜咽。随后是一串如同鸟儿鸣叫的可爱旋律，紧接着又是抽动和痉挛，转瞬再次变成了如同某种生物的鸣叫。

　　一边歌唱，一边吼叫。这听起来已经完全不像萨克斯的声音了，而是某种动物在嘶吼。明知道气息不可能永不中断，却感觉那串旋律好像永远不会停歇。很快，音色开始沙哑，如同天空中的航迹云般缓缓淡去，却没有消失。那是一阵似乎随时都会消逝、仿佛超声波一样的微弱声响。或许是演奏者趁这段时间补足了气息，乐声的音量再次变大，牢牢攥住了我的心。

　　旋律毫无征兆地消失在云雾中。

　　那个人的演奏结束了。

　　我听到瞬间响起的欢呼声。场下听众的狂热伴随着掌声在四周回荡。我也仿佛身临其境。我虽没有鼓掌，也没有起立，但内心却感到畅快淋漓。

　　永濑也露出了满足的表情。

　　演奏还在继续。

　　另一个萨克斯的独奏开始了，但我仍旧沉浸在刚才那段独奏的兴奋中，无暇静下心来聆听。

"很不错吧？"优子说。

"魄力十足。"其中奔涌着巨大的力量。"特别是刚才那个人。"如果这真是一场音乐的争斗，刚才可谓是旁若无人的疯狂后赢得了压倒性胜利。

"大家的演奏都很棒，罗兰·科克的演奏更是堪称震撼。"

"科克？"

"他出生没多久就遭遇事故导致双目失明，也有人说他的失明是天生的。"永濑温和地笑着说。

我实在想象不出双目失明对一名音乐家会有怎样的影响，不知如何回应。我不想太冒失。

"恐怕他在演奏上有着不输给任何人的自信。他确实战胜了所有人。"

"是啊。"独奏结束后观众的喝彩已经说明了一切。

"刚才还只是一架次中音萨克斯，平时他基本上会同时演奏三件乐器。他可以同时含住三件管乐器吹奏，有时甚至用鼻子来吹长笛。"

"用鼻子？"还有，一个人真能同时演奏三件乐器吗？

"据说他以前还被说成街头艺人。人们都不把他的表演视为现场演奏，而是杂耍。不过只要听过他的演奏，就知道那是真的有本事，所以查尔斯·明格斯才会把他请到自己的乐队来。只要演奏足够精彩，其他评价都不值一提。只要有真本事，那都不是问题。

查尔斯·明格斯本人也是个怪人。"

"怎么回事？"

"我是在书上读到的。明格斯跟一个人到餐厅吃饭，因为他是黑人，就被领到了小桌子旁边。"优子说，"明格斯说自己长得比较壮，要服务生给换张大桌子，得到的回答却是'你用这张桌子就够了'。结果他还是只能坐在那张小桌子旁边。于是明格斯就……"

"就怎么样？"

"就点了四人份的牛排。"

"啊？"

"因为盘子放不下，服务生只能给他拼了一张桌子。"

"跟阵内主任一样。"我忍不住脱口而出。

"我当时也第一个想到了阵内。他真的能干出那种事来。"

"阵内还没在东京生活的时候，我们几乎见不到他，但只要听查尔斯·明格斯的专辑，就会想到他。"永濑苦涩地说。

"我们明明不愿想起他的。"优子也露出了类似的神情。

CD还在播放，进入第二曲目。第三个登场的罗兰·科克又像刚才那样发出了豪迈的咆哮。独奏结束后响起的掌声和欢呼声充满狂喜，仿佛场上观众看到自己支持的足球队进球了一般。我感到全身汗毛倒竖。第一曲目已经足够震撼，而这首更是无与伦比。

"啊，酱汁用完了。"过了一会儿，永濑说。他晃了晃手中的酱汁瓶。

"您能感觉出来？"我说完觉得自己有点失礼。

"因为重量有变化，"永濑将瓶身倾斜，"也没有液体流出的感觉。"

"这个人看得其实比我们都清楚，最好要小心点哦。"优子笑着说。

"我去买瓶新的。"我说着站了起来。

"我去买吧。"永濑跟着站起。

"可是外面挺暗的。"说完我又意识到说错话了。

优子和永濑不约而同地微微一笑。可能很多人犯过这种错吧。

"就算店里停电了，这个人也能把我叮嘱他带的蔬菜买回来。"优子说。

"可是，如果停电，收银机就没法用了。"

永濑唤了一声帕克，但帕克迟迟没有过来。往桌子底下一看，发现它睡得正香。"导盲犬都这样吗？"我问。

"怎么可能。"优子笑着说，"可能是我们太宠着它了，一到晚上就像打烊了一样，变成普通的家庭宠物犬。"

"不过只要一直喊，帕克还是会起来的。"永濑说着，手上不知何时多了一根白色盲杖。他一边走向玄关一边说："不过也好，要是不时常一个人出去走走，我会忘记感觉的。"

"感觉？"等我发问的时候，永濑已经消失在门外了。门口传来大门关闭的声音。

"我们是用眼睛来看，可那个人是用双脚和耳朵。他在走路时会计算距离，用声音和触感来确认周围的环境。不过这也只是听他说的，我也不太懂。可能他在心里面画了一张属于自己的地图，跟我们平时见到的地图不太一样。"

"哦？"

"我们与他人交谈时，会观察对方的表情。他好像只会想象出鼻子和嘴巴的位置，对脸这个部位毫无意识。"

"这样啊。"

"比如在咖啡厅，他会通过旁边座位的对话看到很多东西。那两个人只是表面上看起来很亲密而已，或者那个客人很生气之类的。"

就是察觉声音与言语背后的真意吗？

"这些他都能看穿？"

"但他说的究竟对不对就不知道了。"优子眯起眼睛。

没过多久，玄关处传来转动钥匙的声音，永濑回来了。他从环保袋里取出酱汁瓶递给优子，坐回餐桌旁。他时而伸手扶着墙壁，时而把双手放在餐桌上，但动作没有丝毫迟疑。

之后我们继续交谈，度过了一段可谓畅抒胸怀的时光。那些讨论最为热烈的话题，最终都会落到阵内身上，并且几乎每次都会以"阵内真是个怪人"这句话来结束。

"有一次他还逼我学打鼓，让我到不知什么公司的宴会上表演。"永濑说。

我一时无法接受如此多的信息。"打鼓？宴会？怎么回事？"

"他就这么走过来，叫我学打鼓，放下教学 DVD 和盲文的打鼓教材就走了。"永濑回答。

"太任性了。"

"其实也不错。如果不是阵内，我想我这辈子都不会打鼓。"

"不知什么公司的宴会又是怎么回事？"

"我把一套小电鼓搬到宴会厅去了，阵内则负责吉他弹唱，他唱的是约翰·列侬的 *Power to the People*。"

"就像临时报名参加那样？"虽然不知道有没有像秘密才艺大赛一样的公司宴会，我还是这样说道。

"与其说临时报名参加，倒不如说未经许可。虽然我是后来才知道的。"优子表情复杂地说。

"真不知道他到底在想什么。"我想起了木更津安奈说的话，"最近他好像还主动为一个房东的遗产问题出主意。"

"什么意思？""房东的遗产？"两人同时表示了关注。

尽管只是听木更津安奈说过一次，我还是把阵内在咖啡厅跟一个中年男子谈话的场面连蒙带猜地说了一番。据说对方当时都快哭出来了什么的，说着说着，我自己也感慨起来，这种八卦真的会像滚雪球一样越传越离谱。

"他到底在想什么啊。"优子苦笑着说。

永濑露出了略显严肃的表情，说道："那是真的？阵内主动接受别人的遗产咨询，这让我有点摸不着头脑。"

"他是想继承别人的遗产吧。"

"那就太不像他了。"

究竟怎样才算像阵内呢？我非常好奇。"您是说，他从来不干不劳而获的事？"

"不，他倒是很喜欢不劳而获。"永濑微笑道，"只是，就算要不劳而获，我也不认为他会偷偷摸摸地干，早就应该在我面前把牛皮吹破天际了。"

优子赞同道："确实。"说完，她突然瞪大了眼睛，"啊，话说回来，我也见到过。"优子说，大约一年前，阵内极为罕见地看了好几回手表，匆匆忙忙地回去了。她觉得阵内一定是跟特殊的人有约会，就带着强烈的好奇心尾随了上去。

"确实有这么回事。"永濑似乎也想起来了，声音顿时充满了兴奋。

"那时候他也是跟一个大叔，一脸严肃地交谈了半天。"

"难道那个人就是房东？"

"当时我还以为是跟他工作有关的人。因为我们也不太了解阵内的工作，还以为他在跟什么专家谈话呢。"

"当然，那种可能性也是有的。"

"又或者……"优子和永濑异口同声地说。

"什么？"

"是他父亲。""是他老爸。"两人再次同时开口道。

"阵内主任的父亲？"我从未想到过阵内的父母。"他们的关系很复杂吗？"

"不知该说是复杂还是单纯。"

"差不多算是断绝关系的状态吧。毕竟阵内把他老爸给揍了。"

"阵内主任揍了他父亲？"

"很意外吗？"

我正要说"是"，但转念一想，回答了"不"。这并不让我感到意外。

10

"武藤，我早就说过了，你总是想太多。这不是知道田村的住址了吗？直接找上门，说'守，我想跟你谈谈'，不就好了？"

我坐在办公室凝视着贺年卡，阵内在旁边不耐烦地说着。

"田村守是谁来着？"

"十年前跟棚冈佑真一起上学的朋友。"当时三个孩子一起上学，其中一人被车撞死了。田村守寄来的贺年卡是三年前的，所以他现在不一定还住在那里。

"先去看看再说。你去走一趟，如果运气好就能找到，就这么简单。"

"我看是阵内主任自己想去吧。"

我刚说完，坐在前面的木更津安奈接过了话头："可能是想找借口到埼玉去偷懒吧。"

"别说蠢话了。我偷懒了工作也不会自己减少，现在出外勤可是很让我伤脑筋的。即便如此，我还是决定专门陪他走一趟，他应该感谢我才对。"

"主任也要去？可是我要去也是休息日去。"

"我猜你肯定会没把握嘛。"

"不，我担心的是该不该找田村守谈这件事。"

家庭法院调查官跟警察不同，不能为了调查案件而四处打探嫌疑人身边的事。而且，未成年人犯罪不会被实名报道，若大摇大摆地四处打探，等同于公开了未成年人的身份和涉案相关人员。更何况，此次棚冈佑真的案子还因"未成年人无证粗暴驾驶导致慢跑男子死亡"而受到世间关注。一旦发生嫌疑人身份泄露的事态，恐怕会引起巨大的骚动。

"只要保证不泄露未成年人的身份不就行了。"

"要如何保证？"

"我有个想法。"

"请跟我说实话。"

"说实话吗？"

"是的。"

"其实我一点想法都没有。"

"我猜也是。"

田村守是复读生，休息日在立体停车场打工。

周六我们乘埼京线列车前往大宫，途中，阵内把这一情况告诉了我，这意味着我们要到他打工的地方找他。我本以为是到田村守家里去找人，不禁有点惊讶。

"你是怎么查到的？"

"直接问他本人。我打电话给他，问能不能谈谈十年前的那场车祸，他就叫我到他打工的地方找他。真是的，难得的休息日，我为什么非得过去不可啊。"

"要找他的本来就是我们。"我想说"如果你不愿意那就别来"，可是还有更重要的事情要问他。"你把实情都跟田村守说了吗？"那我到底是为什么要为如何不泄露棚冈佑真的案子而烦恼呢？

"我只问了他能不能谈谈十年前的车祸。武藤，你别摆出那么吓人的表情嘛。"

我们并排坐在列车上，阵内一边说话，一边张望着身后车窗外的风景。

"你跟他说我们是家庭法院调查官了吗？"

"嗯。"

"那太糟糕了吧。"

"他可能觉得我们在查十年前那场车祸的凶手吧。"

"加害人。"直接称呼凶手未免太不稳妥了。这样想着，我抢在阵内开口前说："那是主任负责的吧？"

"好像是吧。"

"你不记得吗？"

"不，我记得。"阵内点了点头，"不过，我们需要应付的让人头痛的孩子太多了。阵内先生帮帮我，阵内大人求求你，阵内大神快来救我……所以我也没空一直想着那小子。你说对不对？"

"说得也是。"我们既不是心理辅导员，也不是看守员或监护人。我们的工作只是调查未成年人案件，然后完成报告而已。虽说"而已"，我却觉得这份工作十分复杂，但我们不会去应对"孩子的整个人生"。有时也会想这个孩子将来会怎么样，不过基本上只会将其当成一项工作来处理。这并非冷漠，我们的工作性质就是如此。妻子曾说："如果不保持那样的距离感，就没法工作下去。"这话一点没错。

医生也一样。面对一个又一个患者，他们会凭借经验和知识来诊断、救治，却不会去深入那个患者的一生。

列车开始减速，快到站了。我们起身走到门口。"主任，经过了整整十年，当时受到的打击应该已经有所缓和了吧？"

"什么意思？"

"我在担心接下来的谈话会让田村再次受伤。"因为我们要再次提及他自认为已经忘却的朋友的死。

阵内盯着地面沉默了片刻。"常有人说，没有时间无法抹平的伤痛。"

时间是最好的良药。我也时常会听到这样的话。

"那并不假。虽然每个人需要的时间长短不一样，但在这个世界上，有很多问题只有时间才能解决。"阵内的话仿佛来自他自己的经验。难道他也失去过朋友？我并没有说出内心的疑问。

下了列车，我们乘上摇摇晃晃的公交车，沿着平缓的上坡穿过弯弯曲曲的道路，总算见到了田村守。他正在立体停车场的转台引导车辆进出。

"家庭法院调查官来啦！嗨，嗨嗨嗨。"阵内自来熟地招着手，走了过去。

田村守体格高大，脸上的青春痘显得天真而青涩。"你好。"他简短地打了个招呼，"能稍等一下吗？我还有十分钟就可以休息了。"

"不行。"阵内立即回了一句，吓了我一跳。"虽然不愿意，但只能等了。我们坐在那边的长椅上等你。我可是专门坐火车过来的，还走了好长一段路，不想再浪费时间，不过为了你，我们可以等。对吧，武藤？"

"啊，对。"

可能阵内不喜欢老老实实地听从对方的要求吧，刚才那番话明显在故意卖人情。我真不知道这两个人到底谁才是十几岁那个，而田村守也在发愣片刻之后露出了哭笑不得的表情。

11

"当年那场车祸又有什么新情况了？"田村守没有坐在长椅上，站着向我们提问。让他一个人站着似乎有点不太好，我也跟着站了起来，可阵内没有动弹。

"对专门处理未成年人案件的我们来说，并没有什么新情况。"

尽管我事先已想好如何谈论这件事，见到田村守后还是乱了方寸。这种感觉就像站在泥泞可怕的沼泽前，若不谨慎行事，随时都可能陷进去。因为有许多孩子仅仅因为对方用错了接近方式，就会在心中竖起高高的墙壁。只是，阵内可能连这样的烦恼都觉得异常麻烦，每次都会不管不顾，选择最短距离深入阴暗的沼泽。"恐怕你的休息时间也有限，我就有话直说。我来找你是为了棚冈佑真，虽然我知道你们近期没有来往。"

田村守的表情僵硬了片刻。不出所料，他下一个问题就是："是因为什么案子吗？"

"别乱想。我们调查官跟警察不一样。"阵内说。他曾经说，只要堂堂正正地大声说出含糊不清的言辞，对方就会放弃追问。只是对我来说，他那句话并没有半点说服力。

"我跟佑真完全没有联系。几年前还给他寄过贺年卡，但他没有回应过。"

"棚冈没有给你寄贺年卡吗？"

"所以我觉得他会不会不太愿意收到那些东西，后来就没再寄了。"

"真了不起。"

"没什么了不起的。"

"会考虑对方是否不愿意，这就很了不起了。"阵内认真地夸奖道。田村守也许会觉得那是大人为了让自己放松警惕而刻意奉承，可在我看来，那是因为阵内本人从来不会考虑给对方造成麻烦这种事，才说出了那句发自肺腑的感慨。

"不过我到现在还会时不时想到那场车祸。虽然记忆模糊，但毕竟当时受到的打击太大了。"

"死者是跟你们一起上学的朋友吧？"我回忆起自己的小学时代。我记得那时候都是一个人上学，但好像低年级的时候也曾跟邻居家的孩子结伴同行。"你们三个人关系很好吧？"

"我们从幼儿园起就是一个班的，而且都差不多高。"

"乐队还是要三个人好啊。"

"虽然也有四五个人的乐队。"我不假思索地说。

"无论是四五个人还是一个人，都可以。如果有九个人就是一支棒球队，有十二个人就是十二生肖了。"阵内开始胡诌。

"当时我们还在上三年级，都是小孩子，啊，我知道自己现在也还是个孩子。不过，那时候的我们比现在更天真纯粹，都还相信'要对人亲切友善''只要努力就有回报'这些教诲，还会特别单纯地说'荣太郎以后要当漫画家'这样的话。"田村守谈起了在车祸中丧生的那个孩子。"我当时想成为职业棒球运动员，不过现在看来还是太难了。"

"你还在打棒球吗？"我看着他晒得黝黑的脸问道。

"我之前加入了高中的棒球部，特别认真，还把头发剃得特别短。"他摸了摸脑袋，"离开棒球部后我就把头发留长了，有段时间就像刺猬一样，现在总算成了正常的发型。"

"通往职业棒球的道路果然很艰辛吧。"阵内一副自己就是职业棒球老手的口吻说。

"其实我们棒球队的成绩还不错，不过在四分之一决赛上遇到了强队。当时跟他们缠斗到第九局都是相同比分，一开始还以为我们会爆冷，结果并不顺利。九局下半，我在满垒的情况下漏接了。"

阵内"哦"了一声，也不知道他到底是否感兴趣。"不是暴投吗？"

暴投是指投手投球偏离本垒板导致接球手无法接球，而漏接则是接球手因为自身失误而没接到球。我不太熟悉棒球，但这些还是知道的。从对话来看，田村守当时应该是接球手。

"是漏接。"田村守长叹一声，耸了耸肩。

"不过名字叫守的接球手听起来不像会犯错啊。"

"这种冷笑话我已经听过几万次了。"

"几万次和第一次还是不一样的。不过那不是挺好嘛，能跟强队缠斗到底已经很了不起了。"

"这种安慰话也听过几万次了。"

"究竟是第几万次呢？"阵内双臂环抱，摇了摇头，不知为何看上去得意扬扬。他依旧没有表现出要站起来的意思，反倒跷起二郎腿靠在了椅背上，享受着独占长椅的感觉。"你怨恨过吗？"

"没有。反正我离职业级别还差得很远，既锻炼了身体，自己也高兴，没什么后悔的。以前一直专注于棒球，我决定今年要努力学习。"

"不是这个。我说的是十年前的车祸。你现在还在怨恨那个肇事者吗？"

"主任，麻烦你把闲聊和应该谨慎处理的谈话分开进行。"我忍不住说。

"啊……"田村守的肩膀耷拉下来，"嗯……怎么说呢……那个人好像已经回归社会了，说不定就在这附近自由自在地活着。"那个人——他可能在这个称呼中融入了竭尽全力的控诉。他脑中应该闪过了"那混蛋""那个男人""凶手"或者更为轻蔑的叫法。

"嗯，没错。"阵内似乎并不打算详细说明。

"要说我对他一点怨恨都没有，肯定是假话，因为那实在太没道理了。荣太郎死了啊！我管他是开车走神还是什么。那家伙不是已经回归社会了吗？无论怎么想这都太奇怪了，让人感觉好像你杀人你有理、你闯祸你有理一样。"

"你杀人你有理"——这句具有冲动性的发言让人不寒而栗。

"我明白，"阵内说，"我非常理解。"

田村守似乎再也无法抑制内心的愤怒。"有时候我会想……"他语速飞快，"荣太郎再也看不到他喜欢的漫画新刊了，而凶手却能悠闲地看。这太不公平了。"

"也不一定是那样吧。"我好不容易挤出一句话来。紧接着，我想起了前几天在棚冈佑真的房间看到的旧漫画书，便把标题念了出来。田村守说："那就是荣太郎最喜欢的漫画。"

没有时间无法抹平的伤痛。可是，伤痛永远不会彻底消失。在田村守心中，那种伤痛已经扎下了根，只需要一个契机，伤痛就会发出新芽，长成大树，用颤动的枝条撼动他的情绪。"一到发售日，他就会特别高兴，第二天还会给我们讲故事的内容。他给我们讲的故事甚至比漫画本身还有趣。"

我瞥了一眼阵内。其实阵内也是那种人，特别擅长讲故事，甚至比名人轶事、电影或漫画情节本身还要有趣。而他本人似乎并不是有意夸张，可能他脑子里装了某种转换装置或让电流放大的晶体管。

"那件事发生后，只要在书店里看到那部漫画，我就特别痛苦。

我会想，荣太郎再也看不到了。"

"不过就算他能看到，也只会慢慢厌倦而已。"阵内开口道，"那部漫画后来剧情千篇一律，只会越来越无聊。对他来说，看不到可能是件好事呢。"

"主任，你注意下讲话方式。"

朋友和同伴自不消说，就算是面对敌人，也不能出言诋毁对方重视的东西，这是阵内经常说的话。他甚至对小学生也说过类似的话："你们该记住的唯一一件事——"他竖起一根手指，"不要放弃梦想、不要忘却努力、不要强加于人，这些教诲先放到一边，首先，不要诋毁他人重视的东西。"他继续道，"相反，所谓的坏人，都会盯上别人重视的东西。贬低对他人来说最重要的人或事物来获取优势，企图通过消磨对方的自尊心甚至生命这种方式树立自己的地位——你们可不能变成那种人。一个人如果给别人造成了麻烦还好说，如果没有，就不要把这个人重视的东西不当回事。"

说出那样一番话的阵内，如今却对田村守一直揣在心里的漫画这一重要回忆出言不逊。可说出去的话已经收不回来了。

"抱歉，请你不要在意。我们主任一向不太会说话。"我赶紧当起了和事佬。

让我意外的是，田村守并没有生气，而是"啊"了一声，瞪大眼睛，竖起食指指着阵内："你是那时的人吧？"

"那时的人？什么意思？"我看向阵内。

"我那时这么有名啊。"[①]

"我就觉得好像在哪儿见过你，刚想起来了。因为没几个人会说'只会越来越无聊'这种没礼貌的话。"田村守苦笑着，从口袋里掏出手机，应该是在看时间。"你就是当时那个法院的人吧？十年前我跟佑真见到的那个人。当时我真是吃了一惊，竟然有大人会对我和佑真那样失落的小学生说那么过分的话。"

"当时我也觉得很抱歉，后来反省过了。"阵内耸耸肩，"而且，我当时也还年轻。"

"可你刚才也说了同样的话吧？"我和田村守同时指出。

"呵呵。"

"呵呵什么呀。佑真当时都气死了，说绝对不会原谅你，还说虽然打不过你，等练出肌肉了绝对要去揍你。他当场就趴下来做俯卧撑了。"

就连阵内也没法保持淡定了。"好过分。"

"过分的是你吧。"

"不过那部漫画后来确实腰斩了，因为人气下跌。"田村守说完，突然"啊"了一声，仿佛陷入了沉思。

"怎么了？终于发现那部漫画不行了？"阵内还在纠缠不休。我不禁开始想象，站在动不动就说错话的政治家身边的秘书，是不是总会有我此刻的这种心情呢？

---

①田村守说的"那时的人"日文原文为"あの時の人"，而"時の人"有"引起话题的人、名人"的意思，所以阵内将其理解为"那个名人"了。

"不，其实后来过了很久，我还去参加过那个漫画家的签售会，初中的时候。"

"嗯，就在连载遭到腰斩之前？"

"不是，我上初中时已经换成别的漫画连载了，那部漫画我没看过。"

"没看过却要去参加签售？"

"我是想去陈情来着，"田村守害羞地挠了挠头，"请漫画家把那部漫画继续画下去，给它一个结局。我为了那个甚至跑到了东京的书店。"

"那部漫画，是指你们小学时喜欢看的那部？"

"没错。它最后结束得不明不白，单行本也没有继续出，所以我想替逝去的朋友请求他继续画下去。"

"哦。"

"人家说什么了？"

"结果我没有说出口。"

"你也意识到那太不正常了？"阵内笑着说。

"不是，是排在我前面的一个家伙引发了骚乱。有个人突然扑到漫画家身上，结果签售会中断了。"

"还有这么吓人的粉丝啊。"我对阵内说。

"不过现在仔细想想，那个人可能是佑真。"

"啊？"

"我当时没去关心是谁闹事，但回想起来，感觉有点像是佑真。"

当然，我也记得不太清楚。"

"怎么回事？棚冈佑真也去参加签售会了？"如果是初中时期，棚冈佑真应该已经转学到东京了。

"棚丹那小子肯定也抱着同样的目的吧？"阵内看上去似乎有些不爽。

"主任，你至少在姓氏后面加个'同学'吧。"

"真是的，你们怎么都喜欢陈情啊。"

事故发生后闯进法院对阵内陈情，接着又跑到漫画家那里陈情。阵内说的确实没错。

"因为我觉得，如果漫画家不好好画完那部漫画，荣太郎就太可怜了。可能那家伙也跟我有一样的想法吧。"田村守似乎有点高兴。

"就算漫画画完，死人也回不来。"

"主任！"我说完突然想，如果那个漫画家在签售会上听了棚冈佑真的陈情，就算没法真的让漫画完结，但如果在回答时顾及了棚冈佑真的心情，那棚冈佑真的悲痛是否就不会爆发了呢？我知道做这种假设没有任何用处，却忍不住去想象。我知道谴责那个漫画家是毫无根据的。尽管如此，我还是忍不住要去想那个如果。

"休息时间结束了，我能回去了吗？"田村守看了看表，扭头指向立体停车场，"你们到底是来干什么的？"

"就是来看看前高中棒球选手的头发长得怎么样了。"阵内的语气可算是自暴自弃了。

"什么意思？"

"我再确认一件事。你跟棚冈佑真完全没有联系吗？"

"自从他搬家后，我们就没见过了。"

"只在漫画家的签售会上见过一次？"

"也不算见面。只是现在回想起来觉得那可能是他，其实也可能不是。"

"还能问最后一个问题吗？"

"不能。"田村守好像已经学会了阵内的那一套。

"棚冈佑真是否对十年前的事心怀怨恨？好吧，他肯定会心怀怨恨，可他的怨恨到底有多少呢？"

"有多少——你是说时间还是程度？"

"程度。他的怨恨有多深？"

田村守双臂环抱，并没有思考太久。"我可不知道。"他以高中棒球选手的开朗态度回答完，转身走向立体停车场准备开始工作。

没走几步，阵内就把田村守叫住了。我还以为阵内要说什么，结果他只问了一句："刚才的话是真的吗？"

"真的，我跟佑真一点联系都没有。"

"不是那个，我是说比赛。"

"比赛？"

"真的是因为你漏接才输掉的吗？"

那种话题根本没必要再提一遍吧。我忍不住用谴责的目光看着阵内。

"嗯，是啊。"田村守看上去更加气愤了，"明明名字就叫守，还是没能守住比分。"

坐在回程的列车上，我对阵内说："对了，我到永濑先生家做客了。"随后又补充道，"就在不久前。"

阵内一言不发，但是脸上的肌肉明显在抽搐扭曲。"那是怎么回事？"

"没怎么回事。"

"你可别信他们说的话。虽然他们都是好人，但很有服务精神。"

"什么意思？"

"为了有趣，他们喜欢给故事添油加醋。他们肯定跟你说了不少我的故事吧？其实那些几乎全是假话。"阵内装出一副毫不在意的样子，表现得好像根本不关心我们的见面过程、自己有多少信息被泄露出去一样，若无其事地问我他们都说了些什么。

因为没必要隐瞒，我就把到永濑家做客的事简单做了说明，告诉他我们听了查尔斯·明格斯的演奏 CD。听到我说那音乐特别棒之后，阵内长叹一声："ATM 提款机的语音都能说出比你这个更像样的感想。"然后又说，"查尔斯·明格斯不是有种一直在生气的感觉吗？"

"不，我不知道。"

"看他的现场演奏录像，会发现他的表情特别可怕，当然，有时也会露出亲切的表情。只是一涉及种族歧视问题，他就会勃然大怒，甚至还把一个支持种族歧视的白人州长的名字用作了曲名。不过他夫人倒是个白人。"

"他是贝斯手吧？我总觉得弹贝斯的人好像都挺低调的。"实在无法将那种乐器跟满怀斗志的人联想到一起，不过这可能只是我的偏见而已。

"他这个贝斯手有时却不弹贝斯。"

"真的吗？"那不就跟主任你一样嘛——我硬生生把后半句话咽了回去。

"明格斯的曲子非常复杂，总是混合着各种乐器，明明是个五人乐队，听起来却像大乐队演奏。他就是想靠那么几个人做出大乐队的效果。小中有大，愤怒而幽默的爵士乐领袖。"

"明格斯真是个怪人。"我想起永濑是这样说的。

"据说他跟邻居联系，偏偏要发电报。正在表演时突然停下来，对大声喧哗的观众说教了三十分钟，还留下了录音。"

那不就跟主任你一样嘛——我又差点脱口而出。

"而且他还给自己的专辑取了个名字叫《明格斯、明格斯、明格斯、明格斯、明格斯》，他到底是多自恋啊。他还曾经很生气地指责披头士盗用了爵士乐的旋律。"

"那不就跟主任你一样嘛。"

"别胡说。"

"我听过他们的现场演奏CD，有个人的独奏很厉害。"

"你是说罗兰·科克吧？"

"是。"

"确实不错。"阵内点点头，仿佛除了"好"，他无法用别的话来评价。"他那个长音演奏究竟是怎么做到的？据说有人问他都在什么时候吸气，他说是'用耳朵吸气'的。"

"真的能用耳朵吸气吗？"

"怎么可能。"

这时，我的电话响了，是一条短信。

"你老婆？"

"不是。"是小山田俊发的。打开一看，上面写着"下周一他有可能会袭击孩子"。

"那是什么？"阵内在旁边偷看。

"是小山田俊。"

"那小子要袭击小孩子？"阵内皱起眉说。

"不，不是他。他说在网上发现了可能会成真的犯罪预告。"

"那小子是专业的。"

"之前他对我说，有个人会在自己生日当天袭击小学生。"

"他知道袭击者是谁？"

"知道生日。"

"等等，他怎么会知道人家生日？"

"秘密。"

阵内好像并不买账，在听了我的话之后说："报警就行。匿名告诉警方有潜在危险。"

"嗯，我这么做了。"

"你已经报警了？"

"我没敢报警，而是通知了学校。"

尽管不知小山田俊的话可信度有多高，我还是认为那并非毫无根据的胡编乱造，因此不敢置之不理。如果真的发生了什么，我一定会后悔的。烦恼再三，我决定给学校打电话。我隐去号码打给埼玉县的那三所小学，极力强调"我只是听到了传闻，不知究竟是真是假"，并建议学校在小学生上学的路上加强戒备。

"那种电话也太假了。武藤，你非常可疑哦。"

阵内说得一点没错。无论是打电话时还是挂掉电话后，我都担心警察会认为我是可疑人物，过来把我抓走。就算隐去了号码，要找到呼叫人也不是不可能。警方可能并不认为那是"热心人士提醒学校注意犯罪预告"，而是把我打的那一通电话当成"犯罪预告"。所以那段时间，我彻底体会了一把在查案件的嫌疑人才会感到的紧张。

"后来怎么样了？"

"警察没有来找我。"

"出事了吗？"

"没有。"我那天一直忍不住去关注新闻，每隔一段时间就刷新一遍网页，还去搜索是否有案件发生，始终没有找到。"小山田俊查了查，发现那天真的有警察和家长在小学生上学路上戒备。"

"所以那个人就被吓退了？"

"也有可能他一开始就没袭击的意思。可是，小山田俊刚才给我发短信，说好像又要有危险了。"

"那个人还不放弃吗？生日已经过了呀。"

"你问我有什么用！"

小山田俊在短信里说，那个人又找了个别的借口，相当牵强，他只是想编造个冠冕堂皇的理由，继续发布犯罪预告。

"你要怎么办？再打电话？"

"不。"老实说，我已经受够了。"再打一次肯定会被怀疑，我被当成嫌疑人的可能性会更高。"我再也不想经历那种紧张的情绪了。

"嗯，确实。"

"可是主任，你不觉得万一真的出了什么事，会特别后悔吗？"

"肯定会把肠子悔得青翠欲滴。"

"我不太确定'青翠欲滴'这个形容到底合不合适。"

阵内盯着车厢一角沉默了好一会儿，然后说："不过，我认为不会这么容易就出事。"

"到底该怎么办？"

"没必要报警。"他那种仿佛要叫我忘了这件事的轻率态度，反倒让我更担心了。

"可是……"万一真的出事了怎么办？

"武藤，就算你再怎么拼命，该出事还是会出事，该不出事就是不会出事。难道不是吗？就跟我们平时的工作一样。不管我们努不努力，会改过自新的孩子自然会改过自新，没救的始终都没救。"

"可是……"

阵内皱起眉，似乎嫌我太烦了。

"再说了，主任你什么时候努力过？"

可能因为列车行驶的噪音盖过了我的声音，阵内好像什么都没听到。

12

真正到达这里后，我开始怀疑这到底是不是最好的办法。

今天天气晴朗，没有风，住宅区感受不到一丝暗影。一群背着小书包、看上去天真无邪的孩子在道路上穿行。竟然有人会想要打破眼前这幅平和的光景，那就像寒冬的海水浴一样让我难以想象。我看着这明媚祥和的光景，感觉全世界的人都被衬托得清白廉洁。

"主任，这是从哪儿弄来的？"我指了指套在身上的荧光色马甲，上面印着"防犯①"二字。

"路边捡的。"

"哪个路边？"

---

① "防止犯罪"的简写。

阵内没有回答。我们沉默地走着。

上次收到短信后，我联络了小山田俊，他非常自信地说："我认为那人这次肯定要动手了。我还锁定了最终目标，他最有可能袭击的一所小学。"但我再也不想联络学校或报警，便试探道："我不怎么靠得住，你不如去跟你父母说说？"

"武藤先生，你是认真的吗？因为网络恐吓而被逮捕的我，如果说出'我发现有人在网上发布犯罪预告'这种话，我父母真的会说'哎呀，那可不好'，然后对我言听计从吗？毕竟我现在在试验观察期间啊，我得老老实实待着。"

我有很多话想对他说：第一，所谓试验观察，是为了观察你的状态，并非只要在那段时间内老实待着就能蒙混过关；第二，就算你真的那样想，我也不希望你对我这个调查官说出来；第三，没办法跟父母商量的事情，麻烦不要推到我头上来；第四，不要把我拉下水；第五，求你了；第六，别让我头疼。

"我应付不了。"我老实地承认。

"可是，听完我说的话，会回答'那可不得了'这种话的人只有武藤先生你了。"

一旦被人需要，我确实很难拒绝。想必他看穿了我这个弱点，才会故意这么说。

实在没办法，我只好去找上司商量。那个上司就是阵内。我本以为他会说"真麻烦，不要去掺和"，出乎意料的是，他竟然果断地回答："那只能我们自己想办法了。"还对我说，"既然你心里犹豫这件事到底值不值得报警，可不报警又很担心，干脆我们俩去巡逻吧。"

我马上后悔不该找他商量，但为时已晚。

"木更津，我跟武藤下周一会晚点到。"阵内当场宣布。

木更津安奈一言不发地瞥了阵内一眼，表情没有任何变化。随后她好像觉得自己该说点什么，冷冷地回了一句："好，我知道了。"然后又说，"你们要去旅行吗？"

"去埼玉巡逻一圈。"

"有这个必要吗？"

"我们两个大叔一大早在街上盯着小孩子看，未免太可疑了，所以最好装成巡警的样子。"阵内边说边慢悠悠地走着。他偶尔会转向经过的小学生，粗声粗气地说上一句"辛苦啦"。

我看着那些背书包的小学生，回想起自己负责过的少年。他们应该也曾拥有过这样的时光，大家都天真无邪，正如田村守说的，依旧相信着"要对人亲切友善""只要努力就有回报"这些话，又或者，他们从那个年龄开始，就已经承受着人生的荒诞与重压，在心中埋藏起阴暗的情绪。无论如何，回想起自己的小学时光，仿佛总是为半径几十米以内的事情或悲或喜，脑子里只有对下一个生日和圣诞节的期待。那可以说是自己的小世界吧，那样的小世界曾经就是自己生活的全部，那么，现在的自己就生活在大世界吗？却也不尽然。究竟哪个才是小世界，哪个才是大世界？

"主任，你小时候都在想些什么呢？"我问道。

"我光顾着讨厌一天到晚作威作福的老爸了。不过我也觉得，所谓父亲都是那样的吧。"

"啊！"我想起了跟永濑的交谈。

"怎么了？"

"主任，你最近跟你父亲见过面吗？"

"问这个干什么？"

"你不是说在咖啡厅跟房东见过面吗？讨论遗产什么的。那个人该不会是你父亲吧？"

"你说我老爸是房东？"

"不，我的意思是，对方根本不是房东，而是你父亲。"

阵内目不转睛地看着我。他的目光让我有点退缩。"你又听永濑说什么了？"

"啊，不是，呃，对的。"

"武藤，我和他，你到底相信谁？"

"那当然是——"我不假思索地回答道，还未说完，就被阵内的"我就知道"打断了。

我发现前面有个小女孩在招手，还以为那孩子认识我们，却见背后又有一个小女孩跑过去跟她会合了。差不多高的两个人转身向前走去。

"这些小家伙长大后肯定会变成自私又胆小的大人。"

"别这样说。"

"那又不是什么坏事，自私又胆小本来就是动物该有的本性。关键在于承认那种本性，并想办法在其基础上构建稳定的社会。不是有个词叫'fool proof'嘛，就是建立一种防止人类在犯错时造成危险的机制。"

我知道这个词。我家的自动咖啡豆研磨机不盖上盖子就无法启动，是为了防止人在操作时把手指伸进去。"直译过来就是'防呆'或'防蠢'吧。"

"没错。就算告诫'要小心哦'，还是有人会犯错。同理，就算告诫'不可以做对方不喜欢的事哦'，还是有人会做。不管什么生物，只要被一起关到一个狭窄的空间里，必然会引起争斗。这就是自然，是生物的本质。所以，最有效的做法就是以这个本质为前提来思考，构建相应的预防机制，没错吧？"

"不如写一首那样的曲子吧。"因为听得太烦，我回了一句。

"什么曲子？"

"不知道，可以起名字叫'如果放着不管绝对会打起来'。"

"用什么旋律呢？"

"我怎么知道。"

一辆车悄无声息地停在了路边。当然它是发出了声音的，但那就好像是一个人屏住了呼吸般。那是一辆老旧的白色四门轿车，刚停下来，一个男人就从驾驶席冲了出来。他看上去像个体育老师，体格健壮，方脸，表情严峻，大步朝着人行道走了过来。或许是因为他走向那群小学生的样子毫无迟疑，我以为他是某个家长，来给孩子送落在家里的东西。

"武藤，有情况！"听到阵内的提醒，我总算反应过来了。尽管我来时已经料想到了最糟糕的情况，可是真正面对时，大脑却不愿承认。

男人手上明显握着一把刀。小学生们虽然看到了那个人，却都没有逃跑。因为他们做梦都不会想到，会有大人要伤害他们。

"喂！"阵内大步走过去。男人总算发现了我们，他举起了刀。

我对周围的小学生喊："大家快离开！"孩子们炸开了锅，女孩子们都尖叫起来。刺耳的声音更加惹到了那个男人。现在仍是万里无云，但我还是感觉这一严重事态发生的瞬间，连天空都瞪大了眼睛，亮了不少。

我的声音在颤抖，双腿发软。

又是一阵尖叫。男人挥舞着利刃朝孩子们冲了过去。

得做点什么，我想。尽管这么想，身体却无法动弹。

是阵内拦住了那个男人。只见他亮出一根长长的棍子，刺向男人的腹部，随后在停下脚步的男人面前挥舞起来。他到底什么时候弄到那根棍子的？我仔细一看，只见棍子末端还挂着"热便当"的小旗，应该是店家竖在路边的广告杆。

我再往旁边一看，发现还有一根。阵内是什么时候把它拔出来的？我马上走向那根广告杆，不费吹灰之力就把它拔起来了，紧接着我把没有旗子的那一端对准了男人。

"喂，你们几个小孩别害怕。我们会想办法拦住他，不要靠过来，快到学校去。还有，不要冲到马路上，车多危险。"阵内异常冷静。他把棍子当作防暴叉举在腰间，一边牵制着满脸怒容、处于兴奋状态的男人，一边大声对周围的孩子们发出指示。确实，如果孩子们惊慌地跑到马路上，很有可能造成事故。"别害怕，小心车，快到学校去！"阵内再次对孩子们下达了简短的命令。

"不会有事的，冷静点，千万小心，到学校去。"我也竭尽全力引导着孩子们。为了缓解紧张和恐惧，我不由自主地提高了音量。

那男人当然不会老老实实地站在原地，尽管我和阵内都拿棍子对着他，他还是忽左忽右地移动，试图袭击周围的小学生。然而，每次都被我们用棍子制止了。

我觉得已经对峙了整整一个小时，实际上可能只过了两分钟。

男人闷哼一声，紧接着有如口吐黑烟一般迸发出怒吼，猛地一蹬腿向前冲去。孩子们边跑边回头，惊恐地尖叫着。

阵内动作奇快，追上去大吼一声"有什么冲我来"，然后用力挥舞棍子，砸中了男人的脸。那根棍子弹性十足，像鞭子一样抽向男人。男人闭起眼睛倒在了地上。阵内立刻将男人按住。待我回过神来，自己也已经扑到了男人身上。

男人用尽全力挣扎，但被我和阵内两人分别压住半边身体，最终还是没能挣开。

"你一直在网上放出犯罪预告，对吧？"阵内一边奋力压制一边问。

男人比我第一眼的印象要年轻，看起来只有二十几岁，不到三十。他两眼充血，不知是因为兴奋、愤怒，还是在哭泣。

"主任，快报警！"

"我现在松开一只手可能就按不住他了。武藤，你来报警。"

"我不也一样嘛。"我很担心一松开手去掏后裤兜里的手机，那男人就会趁机挣脱束缚。

"那怎么办？难道我们俩要一直抱着这个人？"

"我又不是那个意思。"

"不好意思，我们得保持这个姿势十年左右。"阵内一脸认真地对男人说。此时，我发现小学生们都围了过来。

"啊，你们能到学校去把这件事告诉老师吗？请老师帮忙叫警察来。我们不知道接下来还会发生什么，你们注意安全，尽快离开这里。"

小学生们听话地点点头，拔腿向学校的方向跑去。

"太危险了，别瞎跑！"阵内大声喊着，但他们应该听不到了。

男人似乎放弃了挣扎，身体一软躺在地上，像丢了魂似的，除了喘气再没有任何动作。

"你小子运气真好，被我们救了一命。"

我还以为是谁在说话，转头就看见阵内看着男人的脸。

什么叫被救了一命？那个男人一定也跟我有同样的疑问。

"我知道你肯定受了不少苦，可你要是在这里伤到了那些孩子，一定会后悔莫及。不过既然能做出这种事，估计你已经苦不堪言了。"

男人瞪了阵内一眼，阵内不为所动。

"我知道你想说什么。你想说我什么都不懂。告诉你，我经常被别人这样说。那些犯案的少年都会对我说：'你什么都不懂，有什么资格说那些话！'好像我是领工资专门听他们说这句话一样。这些我都明白。事实上，我确实根本就不懂你的想法，也没兴趣知道。不过我一直有个疑问，你们这种自暴自弃、以身试法的人，为什么都要盯上孩子和弱者呢？既然决定舍弃人生、大开杀戒，为什么不去找那些强壮又邪恶的家伙呢？我可不是在开玩笑，是真的想不明白。我并不是要你们成为正义的伙伴，只是觉得既然都不想活了，为什么不主动去干掉几个恶人？说不定命运会发生逆转呢。"

男人沉重地喘息着，似乎并没有听进这些话。

"听好了，以后别再找弱者泄愤。不，我命令你，不要再干这种事。我最讨厌这种事了。"

"主任，这不是喜欢和讨厌的问题。"

"拼尽全力去做些什么吧。如果对方全力投过来了球，就全力挥棒打回去。如果有人不把全力投球当回事，说明那家伙只是在逃避罢了。"

嗯，嗯。我正忙着在心里点头赞同，突然想到，万一这家伙心想"下次要全力投球袭击什么人"，不就麻烦了？阵内好像也产生了跟我一样的不安，慌忙补充道："啊，但是不能犯罪。"

说得好。

"要是实在郁闷，你就写首曲子演奏出来。"阵内又回到了随口乱说的状态，"刚才我想到一个很不错的曲名。呃……武藤，是什么来着？"

虽然我万分不愿意加入这场对话，但还是不情不愿地说道："是'如果放着不管绝对会打起来'。"

远处传来警笛声，我的心情总算轻松了一些。

13

后来阵内对我说，其实他当时想拔腿就跑，因为被警察请去问话已经很麻烦了，万一上了新闻更是麻烦透顶。听阵内这么说，我觉得他活在世上，一大半事情对他来说都是麻烦。尽管如此，因为不得不按着那个男人，我们没办法离开现场，最终还是体验了一回阵内惧怕不已的麻烦。

"小学生上学路上的行凶狂魔""恰好路过的两名公务员立下大功"——这两个标题虽然并列出现在了报纸的头条，但可能因为是未遂案件，并没有发展成连续数日的报道，而且报纸上虽然写了我和阵内的全名，却没有刊登照片。妻子也说："毕竟真的传出去也挺让人头疼的，这样刚刚好。"

阵内还是觉得不太满足，跑到总务科去问，如果热便当来找他代言广告该怎么办？那算不算搞副业？

这件事在职场上几乎没有传开，只是几个偶然看到报道的人发邮件来打听。不过，阵内倒是有了些客人。

阵内在地方①的家庭法院就职时负责过的少年中，有一部分几年后来到了东京居住。他们偶然在新闻上看到了阵内的名字，认出那是曾经负责过自己的调查官，便像拜访恩师一样前来。虽说新闻标题上写着公务员，但我们家庭法院调查官的身份和就职地区应该都没有公开。

"据说网上有详细的信息。"阵内好像是听那些来看他的少年说的。"肯定是有人事后写上去的吧。网络真是太可怕了，到处都充斥着臆测，有时还会创造出新的事实。"

只靠公务员这个身份和全名，应该无法将目标锁定在家庭法院调查官阵内身上，不过那些当时目睹阵内用便当店广告杆击退歹徒的人在 SNS 上投了稿，媒体也登出了对小学生们的采访，其中就有一个孩子提到阵内，说阵内让他们回去叫校长给他做个铜像放在校园里。而某人看到这些内容后，突然灵光一闪：会说那种话的阵内，不就是那个以前负责过我的阵内调查官吗？于是那人便在网上留言，马上有少年回应："确实，那只可能是我认识的那个阵内调查官。"接着，又有人在讨论中提到："他现在好像在东京家庭法院。"于是，就有几个年龄各不相同的人陆续来拜访阵内了。

---

① 相对中央、首府而言的地区。

"经常有人说，人一出名就会多出不少亲戚，现在这个情况就差不多吧。你们是不是特别骄傲？"阵内在少年面前叹息道，"先说好了，不管我在外面多么活跃，你们的价值都完全不会因此上升。要是有谁到处去炫耀这件事，那他也不会有什么出息了。"

少年中有的苦笑，有的忍俊不禁，还有的干脆反驳道："炫耀阵内先生你？怎么可能！"

"那为什么来找我？"

"只是觉得好怀念啊""刚好有空而已""想来见见反面教材""没想什么就来了"——他们给出了不同的答案，但所有人都是一副开朗的表情。

"来的应该都是不需要担心的人。如果到现在还活得很糟糕，根本不会来找我。"阵内对我说。

"不过，来见主任的那些孩子，可能也活得并不轻松。"

"没有人能活得轻松。"

其实我眼前就有一个——我差点没忍住说出来的冲动。

"但是那也很好啊。"木更津安奈依旧用毫无感情的语气说。

"什么很好？"

"认识的人干了蠢事，可是非常愉快的。虽然不算是生活的调剂，至少能开心一会儿。"

"那可不是蠢事。我可是拯救了孩子的人。"

"话虽如此，铜像是不可能的。"

"真的吗？"阵内露出认真的表情，遗憾地摇了摇头，"那要怎样他们才会给我做？"

"哪来的预算啊，而且到了下周就不会有人记得你了。"

事实正如她所说。一周以后，我和阵内的壮举已经从人们的话题中消失，连我妻子谈起那件事时，语气都变得仿佛在谈论很久以前的奥运会柔道比赛一样了。

"太厉害了！"说这句话的人是小山田俊。

多亏了他的分析，我们才能及时制止了那起袭击。他完全可以主张"真正的英雄是我"，可在那场骚动发生几天后我去拜访时，他却好像一点都不关心。我问道："真的说中了那件事，你不感到惊讶吗？"他只是淡淡地回答："不，我本来就认为那件事发生的概率非常高，所以才拜托你。"他并没有为小学生们平安无事而松一口气，只是说"太厉害了"。

"什么太厉害了？"

"事情没有闹大，成为话题。"

"有那么厉害吗？"

"有啊。案件越严重、越恐怖，就会被议论得越久，还会连累那些小学生。不过现在看来，这次那些小学生应该没有受到太大打击。"

"不过应该受到了惊吓。"毕竟有个成年人突然拿着刀冲到了他们上学的路上。就算不是孩子，应该也会受到精神上的打击，很有可能还会留下后遗症。

"不过那些小学生也有可能会想，就算发生了很可怕的事，只要冷静应对就能平安无事。"小山田俊冷淡地说着，看起来比我还要成熟不少。

　　"可能正是因为这样，大家才能很干脆地忘却这件事，不再谈论。再说，大人越是恐慌，孩子就越容易产生心理阴影。"

　　"如果真是那样就好了。而这一切，都多亏你对网上的犯罪预告进行分析，预知了可能发生的事件。"

　　"应该是多亏了愿意相信我并采取行动的武藤先生。"

　　"我其实并不反感。只是，应该没有别的潜在危险了吧？"

　　"犯罪预告永远不会绝迹。以前干这种事还要扎一个小草人诅咒，现在只要敲敲键盘就行，甚至连恐吓的内容都能复制粘贴，所以我觉得犯罪预告不可能消失。刚才还有个兼职店员在网上发表了一通对店长的怨言，宣称总有一天要把店长给杀了；还有人说要掳走小学生，正在四处寻找同伙。到处都是这种事。"

　　"不过，会有人像这次一样付诸行动吗？"

　　"很少，但绝不是没有。"小山田俊重复了一遍之前说过的话。

　　"你下次再找到那种人，别跟我商量了。"

　　小山田俊天真无邪地笑了，却没有做出肯定或否定的回复，这点可有点不像孩子。"你放心，让我觉得'这个人会作案'的犯罪预告还没有那么多，而且我的第六感也有可能出错。"

　　我正在小山田俊家门口穿鞋准备离开，突然看到门把手被人粗暴地拧动起来，吓了一跳。小山田俊的母亲开门走了进来。

"啊，武藤先生，你来啦。"

"我跟俊聊了一会儿。"

"那孩子怎么样？"她匆忙脱下鞋子。虽说她很难称得上教科书式的模范母亲，但我知道她时刻关心着儿子。

"他似乎挺努力的。"

"挺努力是什么意思？"尽管她提出的问题很含糊，却没有放过我的含糊回答。

"努力助人为乐。"

"待在家里助人为乐？"她似乎觉得我在开玩笑。

14

道路的尽头可以看到法院大楼。我像往常一样取出证件，准备从职员入口进去，随后发现阵内的背影就在前方不远处。这并不稀奇，只是我又发现阵内身后几米处有个年轻男子。周围都是法院的职员，那个男子明显想跟阵内打招呼，只见他小跑几步缩短了距离，突然停顿片刻，很快又像做出什么决定一样加快了脚步，然后又停了下来。见年轻人举动有点生硬，我便开始留意他，不知不觉间好像开始跟踪他了。木更津安奈在旁边冷冷地说了一句："你们怎么走着走着就停下来，走着走着就停下来，好像在玩一二三木头人，出什么事了？"

"我觉得那个人有点奇怪。"实在没有隐瞒的必要，我不动声色地指了指前面。

"想叫住主任，却害羞得不敢开口的少女。"木更津安奈说完，又自我否定道，"不像那种感觉啊。"

"上次那个无差别袭击者的同伙，为了报仇打算从背后偷袭主任，又怕被主任察觉到杀气，所以踌躇不前。也不是那种感觉啊。"

阵内先到了法院入口，突然拔腿就跑。本以为那个年轻人会跟着跑起来，却见他停下脚步，似乎放弃了。

就在年轻人要与我们擦肩而过时，木更津安奈把他叫住了，他回过头来。没想到他体格很强壮，穿着夹克衫、牛仔裤。他怯生生地说了句："啊？"他的脸上露出狼狈的表情，隐约表现出一丝心虚。

"你是想找我们主任阵内先生吗？"在这种场合，木更津安奈没有半点犹豫，"是不是在新闻上看到了他的名字，觉得很怀念？"

年轻人的脸部抽搐了一下。我对这一反应似曾相识。少年面对我们的提问，犹豫着是否要打开心灵的窗户时——我知道这种比喻有些难为情——就会做出这样的反应。当他们烦恼到底能不能相信我们时，就会悄悄掀开心灵的窗帘。

"其实已经有好几个人来过了。"我解释道，"新闻播出后，好几个人都来看他了。"

"他明明不是那种受人爱戴的类型。"木更津安奈说。

"啊，是的。"年轻人似乎很在意周围的人，"呃，我是……"

"你把名字告诉我，我会转达给他的。我们俩刚好跟他在一个组，他是主任。"

"我们主任经常会被拦在门口。"我指了指法院入口处。果不

125

其然，他可能又忘了带证件，被要求从访客通道进去，不知为何西装的各个角落里又装了不少金属制品，理所当然地又一次被要求掏出口袋里的所有东西，给警卫添了不少麻烦。

年轻人也稍微挪了挪身子，朝建筑内部凝神注视片刻，突然笑了起来。"那个人真能制造麻烦啊。"好像不小心说出了心声。

"很耀眼吧？"木更津安奈依旧面无表情。

"啊？"

"你看他那个样子，肯定像聚光灯一样突出了我们这些同事有多辛苦。是不是觉得很耀眼，根本睁不开眼睛？"

"哦……"

"你很久没见我们主任了吧？找他有事吗？"我小心翼翼地用不显得过分亲热也不会过于生硬的语气问道。

"这是我的联系方式。能不能帮我转告他，有时间请给我打个电话？"

我接过一张折叠成一小块的纸片，上面手写着一串数字，似乎是手机号码。

"你叫什么名字？"木更津安奈语气冰冷，听起来就像刑警在讯问。

年轻人明显在犹豫要不要说出名字，过了一会儿才说道："我姓若林。"随后又说，"但愿他还记得我。"

所幸阵内记得那个人。听我们说出姓氏后，他马上回答："哦，是他啊。"随后他盯着那张写着电话号码的纸，喃喃道，"该说这是时机正好吗……"

我们的使命自然到这里就结束了，接下来阵内去联系那个人，要去喝一杯还是要杀要剐，随他的便。卸下重担的心情还没持续多久，只见阵内抬起头冒出一句："武藤，你跟我一起来。"

"去哪里？"

"还没定好地方，随便找个居酒屋吧。"

"你要跟那个年轻人见面？"

"其实他已经快三十岁了。"

"我就算了，难得你们能聚一聚。"

"跟你并不算没关系。"

"这个世界上大部分事情跟我都不算没关系。"

"你的见解非常深刻。"

"这是主任你对我说过的话。"

"果然是我厉害。"

"总之，我不会参加你们的聚会。"

"真的不去？"

"一点都不想去。"

"你可别后悔。"

"保证不后悔。"

该坚持的我都坚持了，带着这样的想法，我回到了座位上。既然已经如此明确地表达了想法，绝对不会有问题，肯定是满分一百分，可当天晚上我就坐在"天天"居酒屋里，跟阵内一道，说着"干杯"与那个年轻人碰了杯。由此可见，自我评分都是靠不住的。

"啊……这是若林。这是武藤。"阵内草草地介绍了一番。

若林鼻梁高挺，面部修长，头发剪得很短。他好像时刻在瞪着别人，但那应该是天生的面相。"他因为这双眼睛吃了不少亏。"阵内说。

"我刚升上初中，就被学长们围起来了。"

"所以才变成了不良少年。"

"你跟主任是在哪儿认识的？"我喝了一口啤酒后问道。

若林仿佛寻求教练的意见般看了一眼阵内，而那位教练似乎根本没在看比赛。"很久以前曾经受过阵内先生的关照。"若林的声音听起来很没底气。

"喂，主任。"

"喂什么喂。"

"你看若林也很伤脑筋啊，我在这儿只会添麻烦而已。他可能想跟你单独谈谈，埋在心底多年的话什么的。"

"根本没那种话。"阵内冷冷地说，"我不是说了嘛，这跟你也有关系。"

"真的吗？"我转头问若林，却见他也一脸想问"真的吗"的表情。

"当然是真的。若林，听好了，这对你来说可能很痛苦，但非常重要，你得忍住。"

"主任，说什么呢。"我出言提醒，却发现阵内的表情比平时要严肃得多。另一边的若林也收紧了下巴，仿佛已经做好了心理准备。这光景让我觉得若林可能是被人抓住了把柄。

"武藤，你在负责棚丹，对吧？"

保密义务！我很想大吼。

"棚丹？"若林一脸茫然，这也是理所当然。

"那小子十年前遭遇过车祸，没错吧？准确地说，是他的朋友在上学路上遭遇车祸身亡。"

"嗯，没错……"我很想问：那又怎么样？

"当时的肇事司机就是若林。"

我吃了一惊，震惊之余马上转头瞪了一眼阵内，因为我以为阵内开了一个轻率又无礼的玩笑。然而，阵内的表情并不像在开玩笑。"啊……"我看向若林。

是他？是这个人撞死了荣太郎？

当然，无论我盯着若林看多久，都不可能判断事情的真伪，可我还是盯着若林看了好一会儿。

我负责棚冈佑真的案子后，与他伯父交谈，然后去找田村守。对于十年前那场车祸，我竟不知不觉地站在了被害人的立场上。夺走一个小学生的性命，还扭曲了目击车祸的两个小学生的人生，对那场如同晴天霹雳般的事故，我感到愤怒。其结果就是，我对当时的肇事司机抱有类似愤怒的情感。现在突然跟我说，眼前这个低着头、心神不宁的年轻人就是那个司机，我有点反应不过来。

阵内好像看透了我的心情。"武藤，你其实也明白。那些制造了震惊社会的案件的人，通常连自己都不知道为什么会发生那种事。"他耸了耸肩，"我猜你头脑里想象的肇事者的形象，肯定是类似流着口水猛踩油门、把小学生撞死的吃人油罐车妖怪那种吧。"

"我有点听不懂这个比喻。"油罐车本来就是车子，还踩什么油门啊。

"真正见到肇事者你就会发现，他竟是这个曾被不良学长围住、吓得战战兢兢的若林。"

犯下残暴案件的人往往被新闻媒体描述得如同恶魔，人们纷纷诅咒这个人立刻被烧死，实际一看，却是个再普通不过的少年。这种事并不少见。他们都是非常平凡的普通人，也许成长环境不那么好，有时不太守规矩，却很难称之为"异常"。当然，其中也会遇上可能是生理方面出现问题的少年，他们无法理解正常的社会常识和伦理，不会判断事情的轻重，但那只是少数。

若林耷拉着肩膀。

我想起前几天见到的棚冈佑真的伯父。他当时喝完麦茶放下杯子后，静静地说了一句："引起那场车祸的少年并没有被判死刑吧？"这句话中，暗含着无法接受肇事者逃过死刑这个事实的不满。

凶手都该死。我理解他的心情。

而现在，那个"完全可以判死刑"的少年，就在我面前低垂着头。

我不知道该说什么，想了许久最终无果，只好问道："你看了那个新闻，想起阵内主任，就想来见见他，对吧？"

"啊，是的。"可能因为接到了一个能打回去的球，若林松了口气，"我偶然看到那个新闻，就想来看看阵内先生。"

"毕竟对你来说，'上学路上的案件'肯定是难以忽略的关键词嘛。"

"主任，你太直接了。"

若林皱了皱眉，但并没有生气。"不过那也是事实。只要电视报道或报纸上出现那样的词，我就会不由自主地心里一颤。这次的袭击事件我也非常在意，专门上网查了一下。"他低声说，"结果就看到了阵内先生的名字，又得知他现在住在东京，吓了一跳。"

"你什么时候到东京来的？"

"大概五年前。"

说到这里，若林起身去了洗手间。没等我开口问，阵内就抢先解释道："那小子连不良少年都算不上，就是个没能力变成坏小子、有点喜欢熬夜的小鬼罢了。"

"这样啊。"

"他很小的时候母亲失踪了，被父亲养大。他父亲作为单亲家长很了不起，但是喜欢喝醉酒在家发酒疯。"

"哦……"

"老实说，他父亲其实也挺不容易的，就职的公司据说很差劲。

这点我也理解。"

"公司很差劲是怎么回事？"

"上司作威作福，让员工拼命干活，所以他父亲累得顾不上他。那小子从初中开始就学坏了。"

"车祸又是怎么回事？"

"当时他刚拿到驾照，特别高兴，就开着学长放在他那儿的车跑了一夜，估计他觉得待在外面比闷在家里要开心得多吧。到了早晨，注意力开始不集中，就走神了。"

然后，他就开着车冲上了棚冈佑真、田村守和荣太郎正在经过的人行道。那幅光景在我眼前铺开，恐惧感让我瞬间闭紧了双眼。

若林回来后，阵内问道："对了，你现在做什么工作？"

"紧急救……"若林似乎不太想细谈，含糊地说道，"我考了资格证。"

"紧急救护员①资格证？"

"嗯，是的。"

赎罪——我脑子里首先浮现出这个词。

恐怕他是想通过这个工作来弥补自己犯下的罪吧。这或许能称得上是了不起的想法，但老实说，我并不能完全接受。被他撞死的荣太郎再也回不来了，他的所作所为是永远无法挽回的。

---

①在日本，指运送急救病人时可根据医生指示采取一定医疗抢救措施的人员。

可是，我不能对若林说这种话。刚想到这里，只听阵内说："若林，你该不会想靠救人来为自己的过去赎罪吧？我告诉你，一条命可是没办法用另一条命来偿还的。"

我认为阵内没必要用如此强硬的说法，但没有阻止。

若林有气无力地笑了笑。我正奇怪他这是什么反应，就听到他说："十年前，阵内先生也是这么说的。"

"我说过吗？"

在比赛中出现失误导致对手得分的足球选手，可以在下半场连扳两分挽回失误。但你不一样。无论你做什么，都无法挽回自己犯下的错误，因为人死不能复生。无论你多么奋发努力，之后再得多少分，死去的人也不能复活。有些事是永远无法挽回的。十年前阵内似乎是这么说的。

"阵内先生当时对我说，只能拼命思考到底该怎么办。"

就算拼命思考，也可能找不到答案。但是还是要拼命去思考。

"我不记得了。"

"你对自己说过的话完全不负责任这一点真是太厉害了。"我反倒有点佩服他了。

"毕竟阵内先生说了那些话，所以我就考了紧急救护员资格证，也不是为了赎罪。"若林平静地说，"只不过反正都要工作，既然如此，就——"

"就想到了当紧急救护员或消防员？"

"是不是想得太简单了？"

"并不是啊，那些工作都很辛苦吧。"

"可是……"若林似乎咬紧了牙关，表情有点扭曲，"我没有当成。"

我没能马上理解"没有当成"的意思。

"我上了专科学校，考取了资格证。"

"你父亲竟然给钱了？"

"阵内先生，你还记得我父亲的事？"

"嗯。"

"那个人也提到过阵内先生的事，开忘年会的时候。"

"什么事啊？"

"你忘了吗？"若林呼出一口气，继续道，"那个人不久前死了。"我无法想象那是什么时候的事，只觉得他的语气很平淡，听不出感伤。"我拿到了一笔钱，就用来交学费了。"

"啊！"阵内好像想起了什么，提高了音量，"你给死者家属送钱了吗？当时我们可是说好的。"

若林的目光突然坚定起来。"那当然。我把打工的钱给他们汇过去了。"

他说得挺简单，不过，一边在专科学校上紧急救护员课程一边打工赚钱，应该不是那么容易。可能正如他所说，那是"当然"的事，可我还是能想象得出真正实践起来有多困难。

"那就好。"阵内若无其事地说，"那你考到资格证了，是吧？"

"可是没被录用。"

为什么？我想着，看了阵内一眼。

"面试过不去？"阵内问道。

"可能是。"

"你该不会主动说，自己十几岁的时候开车撞死过人，但是以后会努力工作吧？"

《少年法》第六十条规定，未成年时犯的罪，即使受刑事处分，也不会影响将来取得各种资格的相关法令。如果只是保护处分就更不会有影响。就是说，过去的案件在当事人离开少年院后，就不会对紧急救护员资格证的考取产生任何影响。当然，这只是书面上的规定。不可否认，人们的情绪和伦理观对社会造成的影响比书面规定还要大。

"我说了。"若林有气无力地承认道。

"有没有搞错啊，你干吗非要说那些根本没必要说的事？"

"可是……"

"打个比方，你不会对面试官说'今天早餐吃了面包'或'来面试的路上看到一个漂亮女孩让我心中小鹿乱撞'吧？因为根本没必要说。就算你不觉得那是亏心事，没必要说的话就是没必要说，对吧？你想的无非就是自己能在面试时毫不隐瞒，真是了不起，对吧？那根本不叫了不起。只有在《傻子伊凡的故事》①那样的童话里，老实人才会有好下场。"

①俄国作家列夫·托尔斯泰创作的一部儿童作品，讲述了勤劳无私、不争不抢的农夫伊凡用单纯与善良打败魔鬼的故事，在日本有多个翻译版本。

若林被说成傻瓜，并没有生气。"我挺喜欢《傻子伊凡的故事》的。"

"你看过啊？"

"少年院有那本书。阵内先生也看过吗？我很喜欢那个故事。"

"你是说用脑子工作那部分？"

若林微笑道："用脑子工作好像挺辛苦的。"

我只是隐约记得小时候好像看过，但又好像没有，无法加入他们的对话。

"结局是动脑子的大恶魔害自己掉进了地缝里吧。"由于我不知道故事内容，无法理解阵内的话。

"结局——"若林突然斩钉截铁地说，"不是那样的。"

"不是吗？"

"掉进地缝里那段后面还有一段。"

"是吗？"

"嗯。"若林仿佛在脑中朗读起了故事内容，"译本不同，我看的是菊池宽翻译的版本。"

"呃……我们在说什么来着？"我说。

"啊，在说面试。我当时并不是想老实交代自己的过去，只是很害怕。"

"害怕什么？"

"如果隐瞒那场车祸，最后被录用了，一旦事情暴露，可能会非常麻烦。既然如此，不如干脆一开始就把话说清楚，如果他们仍然录用我，那不是更好吗？所以我才说了。或许我是想得到他们的谅解吧。"

我可以理解他的心情。谁都不想带着那种内疚战战兢兢地工作。

"你太天真了。"

"没错，我太天真了。"若林并没有反驳，"我不知道是不是因为那个，总之被刷下来了。"

"肯定是因为那个。"阵内明明毫无根据，却如此断言道，"后来呢？不是还可以应聘其他县市的消防员吗？"

若林摇了摇头。"我怕又会是同样的结果。"

"好不容易学了这么久才获得的资格证啊。"我不禁觉得有点可惜。拥有紧急救护员资格证的人，可以就职的地方应该仅限于各县市的消防队。

"那你现在在干什么？"

"一边做兼职，一边干点别的。"

"干点别的？"

随后若林告诉我们，他在给死者家属送钱的时候，还写了信一起寄过去。这或许是他在十年前的审判时承诺的。

"对方有回信吗？"

"没有。"

"嗯，这也难怪。"

"是啊……"若林说完顿了顿，心神不宁地看着我说，"嗯……

那个……"

"嗯？"

"那个……当时的小学生，犯了什么事吗？他确实是干了什么吧？"

"是说棚丹吗？你怎么知道的？"阵内夹了一块炸鸡块放进嘴里。

"是主任你说的啊，就在十分钟前。"

"你要怪十分钟前的那个我吗？"

我忍着叹息伸出筷子。阵内特别喜欢炸鸡块，稍不注意，一盘炸鸡块就会被他吃光。

"那个棚丹啊，因为一点事被抓了，目前是武藤在负责。"

"对于十年前的事，他说了什么吗？"若林定是鼓足了勇气说出这句话的，他的声音听起来有些颤抖。"那件事给他造成了不好的影响吧。"

"不，他什么都没说。他不怎么跟我说话。"我回答道。这并不是说谎。

"这样啊。"若林有气无力地说。

"对了，为什么偏偏在这个时候？"阵内低声问道。

"什么意思？"

"好不容易挨到了现在。"

我不知道他的"好不容易"是指什么。难道是指十年前的事好不容易平息下来？

"真是的，太乱来了。"阵内仿佛在向某个并不在场的人表示抗议。

"你在对谁说啊？"随后，我感觉还是把话题转向别处比较好。虽然心里很纳闷自己为什么要如此善解人意，但还是忍不住说道："主任，你能再给我讲讲罗兰·科克吗？"

"怎么突然提起这个？"

"没什么，就是一直惦记着。"老实说，自从那天在永濑家听了那张专辑后，我就一直惦记着那个音乐家，还专程去买了他的专辑在通勤路上听。

"那是谁？"若林似乎没什么兴趣，但还是表现出了想尽量拓宽话题、与我们交流的意愿。

我把知道的情况都说了出来。罗兰·科克是爵士乐演奏家，出生没多久就遭遇事故，双目失明。他将自己设计的管乐器装在高尔夫球袋一样的包里随身携带，演奏时会同时吹奏三件乐器，还会用鼻子吹长笛，演奏精湛且震撼。

若林对我的每一句话都认真地做出了反应。"同时吹奏三件乐器，那是怎么做到的？他能用鼻子来吹吗？他的演奏很震撼吗？"

"武藤，你不是听过一次现场演奏的 CD 吗？我每次听那个，都会忍不住想象。"阵内说着，举起插着炸鸡块的筷子像指挥棒一样挥舞起来，结果把鸡块给甩掉了。他咂了咂舌，捡起鸡块。我以为他要把捡起来的鸡块吃掉，幸好他没有那么做。他又用筷子插起另一块鸡块挥舞起来。如果换成我的孩子，我肯定会说"快放下，等会儿又要掉了"。

"你会想象什么？"

"双目失明的罗兰·科克无法在演奏时看到观众的反应，对不对？当然，如果观众席很暗，换成谁都看不到。罗兰·科克能做的，就只有进行完美的演奏。"

我想起了那场演奏。他比任何人都要轻快豪放，就像一个人在跳踢踏舞的同时又做出高难度的单杠动作一样。

"对自己演奏的评价，只能从独奏结束后观众的掌声和欢呼声中得知。至于是否胜过了其他演奏者，他也只能从观众的反应中推断。罗兰·科克会在拼尽全力演奏之后等待那一刻，他瞬间就能分辨出是不是礼貌性的掌声。所以，他总能迅速得到观众真正评价的反馈。"

我只在现场录音的专辑中听到过演奏之后观众的反应，但即使这样，也能听出那与其他演奏者得到的反应截然不同。特别是第二首曲子那段似乎要持续到永恒的独奏结束的瞬间，所有人都站了起来，激烈的掌声仿佛随时能点燃火焰。尽管隔着耳机，我依旧只能将其理解为祝福与狂喜的爆发。

"赢了！罗兰·科克是否在心中握紧了拳头呢？我真想亲临那个现场。乔治·亚当斯、约翰·汉迪、查尔斯·麦克弗森的演奏都非常棒，不过罗兰·科克获得了压倒性胜利。在那个瞬间，罗兰·科克赢了！"

"赢什么了？"

"不知道，全部吧。他赢了一切。那场演奏他还只用了一架次中音萨克斯，没用最擅长的三乐器齐奏，而是单枪匹马发起挑战并获得了胜利。"

"真的可以同时吹奏三架萨克斯吗？"

"嗯，把三件乐器同时含在嘴里，鼓起腮帮用力吹。因为外表看起来很奇怪，他这种吹奏方法一直被人当成歪门邪道，可是懂行的人自然会知道。而且，只要闭上眼睛，谁的音色最美，无论是谁都听得出来。连吉米·亨德里克斯[1]也认同了罗兰·科克的实力，还有弗兰克·扎帕[2]。"

"主任，一提到这个话题，你就特别啰唆。"

"明明是你让我说的。"

"原来还有那样的人啊。"

"不过，要同时吹奏三件管乐器，凭一般人的肺活量是绝对不可能的，不换气连续长时间吹奏并非普通人能做到的。可能就是因为这个，他晚年中风半身不遂了。他那不同寻常的呼吸法可能让脑血管彻底塞住了。"

"真的吗？"若林一脸惊讶。

"没错。"

"为什么？"

"什么为什么？"

---

①美国吉他手、歌手、作曲家，被公认为摇滚音乐史上最伟大的电吉他演奏家。
②美国作曲家、创作歌手、电吉他手、唱片制作人。

"那太过分了。"

"过分？"

"连续遭遇过分的事，难道不过分吗？"

或许是若林性格如此，总让人觉得他不善言辞，仿佛从一开始就放弃了对事物的解释。可是，我能理解他想说什么。背负着双目失明的障碍，依旧能在音乐上不断刷新战绩的罗兰·科克，最后却因为演奏而中风，不得不承受更为严酷的考验。那么，他到底该怎么活下去才好呢？我十分理解这种愤慨。

"也是。"阵内说。

罗兰·科克半身不遂之后，到底想过什么呢？是对自己的遭遇愤愤不平，还是对残忍的事实无话可说？"他本人到底是怎么想的？"

"我也不知道。"阵内的目光变得有些深邃，"不过他应该从没想过，早知道就不要吹萨克斯了吧，也绝对不会想过，早知道就别这么勉强自己。"

我笑了。"我猜也是。"

我又想起了那场演奏。罗兰·科克的萨克斯独奏如同尽情翱翔的鸟儿，一旦有人伸手想去捕捉，便灵巧而优雅地逃开，乘着风一口气冲向高空，仿佛要飞往无尽的远方，在众目睽睽下，穿透云层，冲破大气，猛地撞入宇宙。听众也如同被带至太空，惊讶地不禁惊呼出声。那片涌动的欢呼声将这样的感受表现得淋漓尽致。我们竟来到了这种地方！仿佛所有人都感动而痛快地狂喜着。

可能因为事先没有规定独奏的时间，罗兰·科克吹奏着，一刻都不停歇。还不够还不够，我还能吹下去，还能带着听众前往新的世界。这就是他的独奏。

"连录音回放的欢呼声都那么热烈，现场肯定特别震撼。"阵内说，"就像若林说的，太过分了。可是……"

"什么？"

"并非一切都那么过分吧。至少，罗兰·科克创造了无数个最棒的瞬间，完成了无数场最棒的演奏。"

若林根本没有听过罗兰·科克的演奏，完全可以对此不以为然，但他什么也没有说。

第二盘炸鸡块端了上来，仿佛成了切入正题的信号。"话说回来……"阵内说道，语气跟刚才不一样了。

"嗯。"

"若林，其实我有点事想问问你。"

"啊，请说。"

"你现在住在哪里？"

"地址吗？"

"对。"

我本来担心若林会对提供个人信息心怀抗拒，没想到他竟十分爽快。起初他只是粗略地说了个地名，发现阵内还想知道得更详细，于是干脆打开手机上的地图开始说明。

15

　　走出居酒屋后，阵内和若林并肩走着，我跟在他们后面，回想着方才得知的那些事。

　　若林似乎很纳闷阵内为何要问自己的住址，但同时好像又认为那是调查官工作的一部分。在听了阵内接下来的提问后，我很快明白过来他想知道什么了，吃了一惊。

　　他应该不会那样做吧？尽管我心里在为棚冈佑真辩护，但还是无法彻底否定，脑子里一片混乱。我反复想起待在鉴别所里的棚冈佑真，心情越来越沉重。刚才在店里谈到的罗兰·科克的话题从我脑中闪过。"连续遭遇过分的事，难道不过分吗？"那正是我现在的感觉。

　　"啊，那几个人……"我们沿着人行道朝车站走去，在一个小型投币式停车场前，阵内停了下来。那里有几个看上去二十出头的男子，正要坐进一辆黑色轿车。

"怎么了？"

"刚才在我们前面结账的就是那几个人。"

"是吗？"

"啊，好像是呢。"若林点了点头，"我记得他们在收银台那里吵闹。"

阵内一脸严肃，沉默片刻后，嫌恶地说："唉，算了。"

"怎么了？"

"我刚才想，那不是酒后驾驶嘛。"

"啊……"

"不过那也不关我们的事，硬要扯上关系肯定很麻烦。"阵内说完抬腿要走。

确实，我们并不知道开车的人是否喝了酒，毕竟我们又不是在店内提供酒水的人，无须对他们负责。只是待我回过神来，若林已经走向了那辆车。我只看到了他的背影。

我慌忙跟了过去。他对那几个比自己年纪小的年轻人说："酒驾是不对的。"我听到阵内咽了一下舌。

那几个年轻人一脸不高兴地皱起了眉。"我们认识吗？"其中一人说，"多管闲事。"

"这不是多管闲事，因为酒驾真的很可怕，会引起事故的。"若林的侧脸轻微抽搐着，看起来非常严肃。

"刚才我们好像在一家居酒屋里。我记得你们在收银台结账。"

阵内说。他一定明白若林是好意，但也清楚和那些人吵架毫无意义，便用了劝告的口吻。"所以见到你们要开车，就担心是不是酒后驾驶。真不好意思，我们只是有点担心而已。"

"不，那绝对是酒驾。我都闻到酒臭味了！"看到若林的眼神越发锐利，我慌了神。现在已经阻止不了他了。

"什么？"看上去像是要开车的男子个子高大，仿佛为了强调身高差，他还故意弯下身子，提高音量问了一句，"你怎么能说我臭呢？这难道不是损害名誉罪吗？或者侮辱罪什么的。其实是你喝醉了吧？"

他一开口，我就闻到了一股酒精的臭味。

"酒驾真的很危险。"我附和了一句。没错，酒驾确实很危险。

"这点酒没事的。"那个年轻男子的发言同时也是承认酒驾的证据。

"能别多管闲事吗？是你们几个大叔喝醉了吧。"

"这不是多管闲事，是法律规定。一旦肇事，同乘者也会获罪。你们知道吗？"阵内说，"算了，真麻烦，反正我是无所谓。"

"那也是一旦肇事，对吧？又不是一定会出事。"

"不，就算没出事也算犯法。"我说。

"所有出车祸的人都不会以为自己会出事，克利福德·布朗[1]和黛安娜王妃都是这样。没有人觉得他们会出车祸。别忘了，还

---

[1] 美国爵士小号演奏家。

有爱德华·史密斯。"

"主任，最后那个是谁？"

"泰坦尼克号的船长。"

"那不是船吗！"高个男子的语气突然充满了火药味，可能他觉得被愚弄了。

"同样是遭遇了事故啊。"向来不擅长好好说话的阵内说到这里，已经放弃了劝解的态度。

若林接了一句："一旦出事就无法挽回了。你们最好别开车。"

"你们到底想干什么？能不能别来找碴儿！"高个男子粗暴地挠了挠头。他回头看了一眼同伴，其余几人仿佛收到了信号，朝这边走了过来。虽然他们没有做出挽袖子或在掌心吐口水那种准备随时打起来的动作，但还是带着一股咄咄逼人的气势。

情况不太妙。我脑子里已经浮现出"公务员当街争吵，引起暴力冲突"的新闻标题，弄不好还会被说成"曾经立下大功的公务员"。

看着若林不断重复"无法挽回"的样子，我感到心情沉重。他与那个年轻人争执既不是出于正义感，也并非遵纪守法，而是为了自己。"连续遭遇过分的事，难道不过分吗？"我又想起了那句话。我仿佛听见若林的内心在呐喊：不要再让那种过分的事发生了！

如果他们开车走了，有可能会引发事故，也有可能不会。其实，不出事的可能性更高，但若林并没有因此而做出让步。他的话说得越多就越缺乏说服力，无法产生任何影响，只能徒然地在虚空回响。

"我们再争下去也没用，总之你们最好别开车了。"阵内可能也从若林的气势中察觉到了危险，很明显在试图掌控局面，尽量让一切平静收场。

但那几个年轻人似乎感觉被挑衅了，根本不愿意乖乖离开。他们毫不掩饰自己的不满。

"好了好了，大家先冷静下。小伙子，我跟你们说，如果你们不听话——"阵内对那几个年轻人说道。

"你想怎么样？"

"我就把这玩意儿扔到那辆车上。"

"那是什么？"

我也没有马上看清阵内举起的右手上握着的东西，当听到"炸鸡块"这个回答时愣了一会儿。虽然我觉得他在开玩笑，可是在停车场灯光下的那个茶色小东西，无论怎么看都只可能是炸鸡块。

几个年轻人都露出了苦笑。"啊？扔炸鸡块？"

而且，为什么他手上会有炸鸡块？

"我要是把炸鸡块扔到你们车的挡风玻璃上，猜猜会发生什么？"阵内那语气仿佛在拿枪指着人质，威胁说"你敢动就把你脑袋轰飞"。

几个年轻人面面相觑，好像在困惑怎么遇上这么个怪人，同时也在心怀恶意地想该怎么对付这个怪人。"那又怎么样？"

"我跟你们说，炸鸡块的油和挡风玻璃可兼容了，一沾上就擦不掉，而且沾到油的那块玻璃还会变脆，一颗小石子就能打碎。"

我根本没听过这个。站在旁边的若林也目瞪口呆。

"大叔，你在说什么鬼话呢？"

"我可以理解你的想法。但你可以上网查查。搜索一下炸鸡块和挡风玻璃。现在就搜，快点！"阵内说完，其中一个年轻人竟真的掏出手机搜索起来。见此情景，我也忍不住打开了浏览器。

让我惊讶的是，阵内说的竟然是真的。好几个网站都提到炸鸡块的油会让挡风玻璃的强度下降，其中还有人特地做实验，将炸鸡块在挡风玻璃上擦过后，一拳就将挡风玻璃打碎了。一开始我还以为自己的偏见遭到了重创，但很快就想：难道……

我想起了小山田俊。这不是他的杰作嘛！我脑中响起了警告。

小山田俊告诉我，阵内为了给自己的妄想正名，让他把一些虚假信息煞有介事地放到了网上。那么，这个关于炸鸡块的知识，是否也应该视为其中之一呢？

我抬起头，发现年轻人们都对着手机屏幕喃喃着："真的，据说真的会弄坏玻璃。"

阵内看起来十分满意，摆出更加认真的投球姿势。"准备好了吗？我可要扔过去了。如果你们不答应今天不开车，我就扔过去。"

"等等！"负责开车的男子抬手阻止道。他好像对"炸鸡块油脂与挡风玻璃强度的关系"信以为真了，开始恳求道："请不要扔。"

"那你们保证不开车吗？"

"可是，不开车我们回不去啊。"男子皱着眉，"如果把车扔在这里，停车费会越积越多的。"

那可不得了。我非常理解他们。如果把车放在这里，让他们走路回去，有点不太现实。

"真没办法，找代驾吧，代驾。"

"代驾？"

"就是请人帮你们开车。今天我们来帮你们付钱，这就给你们找。"

我不得不承认，这是平静收场的最佳办法。阵内虽然自作主张说"我们"来付钱，但我也觉得如果只是花点钱就能让他们配合，也没什么不好。

"为什么你会带着炸鸡块？"代驾来得比我想象中要快，几个年轻人也没有等得太过烦躁。目送他们离开后，我问阵内。

"我不是在店里捡起过一块嘛。当时觉得洗洗还能吃，就用纸包起来放口袋里了。"

"太脏了。"

"你是说我的处理方式吗？麻烦你管那叫聪明。"

"不是，我说的是字面意思，那很脏啊，为什么非要吃掉？"

"很好吃啊。你要吃吗？"他问若林。

此刻，若林好像刚刚才放松了僵硬的身体，眼神依旧有些迷茫。"不，我不吃。"他拒绝道。

16

"哟，还记得我吗？"阵内的口气简直就像谁家叔伯亲戚一样。

我们坐在鉴别所调查室的桌边，对面是穿着运动服的棚冈佑真。他有气无力地应了一声："啊，是。"这一位倒是完全没有谁家侄子的感觉。他仿佛把自己裹在了一层透明的膜里，但这并不是不把我们当回事，而是为了不让我们看透内心，和上次跟我面谈时一样。

"喂，还记得我吗？"阵内又问了一遍。

我本以为棚冈佑真会照例回答一个有气无力的"是"，没想到听见他说："上次在车里说弘法如何如何的那个人。"

可能他也厌倦了一直沉默地待在自己筑起的围墙里吧。而且，突然出现的阵内用那种自来熟的态度给了他出其不意的一击，让他也想扒在墙洞上向外窥探了吧。不管怎么说，这是个很大的进步。

"弘法也会挑笔那句？你记得很清楚嘛。"阵内兴奋地说，"很好，记住我的话会有好处的。"

"包括弘法也会挑笔这句？"我忍不住说。

"那个特别有用。"

与收容在鉴别所的少年面谈的次数，一般都由调查官自己来判断，而我几乎无法跟棚冈佑真展开交谈，便决定再次来面谈。同时，我还需要确定一些事情。我想起若林前几天说的话——关于这起案件的另一面。每每想到这个，我的心情就会非常沉重，所以听到阵内说"我陪你去"时，感到求之不得。

"但你说错了。在谈论弘法之前，我们还见过面。"阵内说。

"之前？"

"提示一，十年前。"阵内若无其事地说，"提示二，我当时在埼玉县的家庭法院。"

"啊……"

"你们几个小学生把我堵在路上，要我做点什么。"阵内语气随意，但并没有开玩笑的感觉，"你们不是吵着说'不能原谅肇事者'吗？啊，这是提示三。"

"你是当时那个……"

"当时那个你们尊敬又憧憬的调查官。"

"当时那个没什么干劲的……"

"你都长这么大了。我也老了。"

棚冈佑真似乎在拼命回忆，寻找着记忆中那些场景。他的眼珠滴溜溜地转动，有可能在对记忆进行播放、快进、暂停和后退。不一会儿，他"啊"了一声，耸起眉毛，虽然称不上茫然自失，但他的意识好像突然蒸发了。他是感到不知所措，还是面对意想不到的事态变得无话可说了？

"真是戏剧性的重逢，这种巧合还真会发生。"阵内仿佛在夸耀自己的功绩，"这可能就是命运吧。"

"啊，不对。"片刻沉默后，棚冈佑真闷闷地回了一句，"那不一样。"

"有什么不一样？"

"那只是——"棚冈佑真俨然成了主将，在安抚惊惶欲逃的队员，从他的语气里听出了"我不允许你归罪于命运"的反驳，"人事调动而已吧。"

"什么意思？"

"那只是法院的人事调动，根本不是命运。"

"可是你来到东京却并非调动，而是巧合。这难道不是命运？"

"主任，其实你没必要拘泥于命运这个字眼。"

"如果在外面偶然碰到了还好说，在鉴别所会面根本算不上神奇。毕竟十年前跟现在都是未成年人犯罪，理所当然会见到家庭法院调查官。"

对十年前的棚冈佑真来说，当时他见到的家庭法院调查官，应该算得上世界上最讨厌的男人前十名了吧。恐怕他把阵内当成了包庇可恶罪犯的坏人，当成了阻止坏人被执行死刑的邪恶辩护人。阵内在十年之后又出现在了面前，他应该感到了狼狈，那种狼狈又使他的铠甲开始崩溃，终于吐露了心声。

"没错，棚冈，这并非偶然。你刚才说了一句很重要的话。制造案件的少年跟我这个调查官见面一点都不奇怪。就是这样，你说得一点没错。曾经犯案的少年又因为别的罪行与我重逢，这很常见，一点都不稀奇。不过，十年前的你不一样。"

"什么意思？"

"当时的你并不是犯案的人，只是出现在事故现场的小学生而已。"

"呃……嗯。"

"十年前跟现在完全没有联系。当时的你只是目击者，而这次却成了加害人。但是，但是，你却断言那并不值得惊奇，说那既不是巧合也不是命运，而是理所当然的事。"

"主任，他可没说那是理所当然的事。"

"换句话说，在你看来，这一切本来都是关联在一起的。"

此时，我才总算弄明白阵内到底想说什么。不，尽管我早就知道他到这里来想说什么，却不知道他准备如何展开话题，直到现在才总算明白过来——他要逼近核心了。

"关联在一起？什么啊？"棚冈佑真的语气中透出了怒意，这表明他已经失去冷静了。

"十年前的车祸跟这次你引发的车祸，是有联系的。"

棚冈佑真沉默了。可能是因为察觉到敌人逼近真相的速度比预想的还要快吧，他瞪大了眼睛。

"你在那条路上飙车别有目的，从一开始，你就打算去撞那个走在路上的男人。"

"你想说我是故意撞人？"

"准确来说，有点不一样。你并非故意撞上那个男人，那就是一起意外事故。你其实是想撞另外一个人，对吗？"

棚冈佑真没有回答，但他面部肌肉的抽搐说明了一切。

"你其实是想撞十年前的那个肇事者吧。"

17

尽管没有发出痛苦的呻吟，但棚冈佑真明显心绪不宁。

虽然早就做好了心理准备，我还是大吃一惊。果真如此吗？我真希望这不是真的。

那天在居酒屋，阵内反复确认若林的住址、工作地点、上班时间和上班路径，甚至被调侃"像个变态跟踪狂"。最后通过这些线索我们发现，那天早上，若林在车祸现场出现过。

这意味着什么？阵内并没有做出任何说明，但我可以想到。那起事故说不定是针对若林的。棚冈佑真可能是想开车去撞若林，这是一场复仇。一旦产生这个想法，我就无可救药地认定那是事实了。

棚冈佑真僵硬了许久。他在阵内面前一动不动地坐着，随后眉毛开始抽搐，说了一句"什么"。他看起来仿佛一名摇摇欲坠的拳击运动员，正在挣扎着重新摆好架势，让人心痛不已。

"那小子从住处到上班地点，途中会在那个时间经过那条路，没错吧？你就是看准了那个时机。虽然我不知道你是怎么打探到那些消息的。"阵内停了下来，目不转睛地看着棚冈佑真。

棚冈佑真深吸了一口气。

他还是个孩子啊，我不禁想。他还是个孩子，却不得不做出能够左右自己人生的判断。不仅仅是棚冈佑真，我们在工作中接触到的所有未成年人几乎都一样。他们几乎没什么人生经验，却不得不面临重大的选择。该说什么，该隐瞒什么，该以什么为目标，该对什么敬而远之——他们固然可以听取父母和律师的建议，但最终做出决定的还是自己。我一直都觉得那太残忍了。他们竟然不得不回答那些连成年人都不知道正确答案的问题。

过了一会儿，棚冈佑真平静地开口了。"因为给荣太郎家里——"他仿佛放弃了粉饰言辞，决心说出心声，"写信了。"

"信？你写的吗？"

"不，是那个肇事者。"

我确实听若林提过，他给荣太郎家寄了道歉信。

"那封信上有地址。"

"你一直跟荣太郎家里有联系吗？"

"去年我碰巧到那里有事，就顺便去给荣太郎扫墓，在那里见到了荣太郎的父母。他们还问我要不要到家里坐坐。"荣太郎的父母见到亡子的朋友，十分高兴，就请他到家中坐坐。"我不知道该说什么，本打算拒绝的。"

"结果还是去了？"

棚冈佑真将视线微微从我身上移开。他沉默片刻，似乎在考虑要不要回答。"可是我又不忍心拒绝。"他皱着眉，嘴角都扭曲了。

"不忍心？"我忍不住重复了他的话。

"嗯，是的。"

"所以你是从寄信人那一栏找到肇事者住址的？对了，荣太郎的父母有什么感想？"

"什么感想……我也不知道。"

"他们看过信了吗？毕竟他们完全有可能直接把信撕碎啊。没想到竟然一直保存着。"阵内知道若林寄信的心情，但还是用了冷冰冰的语气。

"好像最近才终于有心情看了。"

"可是啊，就算没有到恨之入骨的地步，他们还是无法原谅那个人吧。"

"荣太郎的父母真是太了不起了。他们明明可以更加愤怒的。"

他们当然会感到愤怒。没有哪个父母会在自己的宝贝孩子平白被夺去性命后，说声"这都是命"后坦然接受。可以想象，越是无法接受，就会积累越多的痛苦与憎恨，撕心裂肺，五内俱焚。仅仅是想象便已如此，实际上恐怕精神会彻底崩溃。尽管如此，却毫无办法，无论多痛苦都毫无办法。所以，他们应该在拼命寻找着能够让自己妥协的点。

　　想到这里，我忍不住想皱眉。从来没有干过坏事，完全是因为飞来横祸而堕入地狱的人，为什么还要承受拼命寻找妥协之处的痛苦呢？

　　"所以到底是哪个？"阵内没头没脑地问了一句。

　　"什么？"

　　"你在荣太郎家发现了肇事者的住址，于是冒出了报仇的想法，还是说你早就在盘算着报仇了？到底是哪个？"

　　"那——"

　　看到一时不知如何回答的棚冈佑真，我突然很想替他解围。说答案是哪个并不重要，可这其实是个非常重要的问题。

　　"一直都在想，因为我一直都无法接受。"

　　"你一直都在盘算着替朋友报仇？真厉害，太了不起了！"

　　"这么说不太好吧，主任。"

　　"不过这真的很厉害啊。我觉得，这小子一直在认真地思考，并无比珍视自己的那种心情。他一直都想用车来报仇，以眼还眼。未成年人造成的车祸，就用未成年人引发的车祸来还，这应该就是他的战略吧。"

　　"说战略太夸张了吧。"

　　"武藤，你干脆去加入'纠正措辞同好会'算了。"

　　"真的有吗？"

　　"没有你就建一个。"

阵内说话的时候，棚冈佑真的表情一直很僵硬。那并非泄气，更像是在拼命忍耐，以便不让自己当场瘫倒。他放在桌上的双手紧握成拳，关节发出声响。"为什么……"他仿佛用尽全力才挤出了一点声音，"不行？"

　　"啊？"

　　"那家伙开车撞死了人，为什么我不能开车撞他？这太没道理了！"棚冈佑真头一次让自己的声音失控了。他的声音不大，像是从喉咙里硬挤出来的。

　　为什么不行？

　　我仿佛被他攥住了领子逼到墙角。

　　为什么不行？这太没道理了！给我解释清楚啊！

　　我无法解释。我又想起了若林，想起了若林说的那句话。

　　连续遭遇过分的事，难道不过分吗？

　　"我明白你的心情。"阵内说，"就像在比赛中因为对方犯规而受伤的选手被送进了医院，犯规的选手却能继续比赛一样。"

　　"对。"

　　"可是，那并不意味着可以把犯规的选手撞倒在地，让他也进医院。"

　　是这样吗？棚冈佑真一脸不以为然，却始终沉默不语。他微微低垂着头。可能想说"为什么不能把对方也送进医院"，但又觉得反正我们都无法理解他的心情，于是干脆不理会了。

　　"尽是误判。"阵内仿佛自言自语般吐出这么几个字。我并没有问是谁误判了，想必阵内自己也说不出确切的名字。

紧接着，我担心棚冈佑真又缩进自己的保护壳里，在周围筑起一圈高墙，于是慌忙说了一句："我有几个问题想问你。"说完，我才开始思考该问什么问题。我伸出一根手指，示意第一个问题，同时期待这个动作能让灵感像闪电一样击中指尖。如果存在家庭法院调查官的精灵，我真想扑过去拜一拜。我在心里祈祷着：赐我灵感吧！

"为什么你没告诉警察这些呢？"

"警察……"棚冈佑真说，"根本不认为我别有目的。说我只是无证驾驶，驾驶失误。"

确实，一般情况下，警方不会刻意逼问："你其实是想撞别人吧？"

"如果我当时老实交代了，能有什么改变吗？"言外之意就是，根本不会有任何改变。

会怎么样呢？我也无法立刻回答他。

为了替死去的朋友报仇而开车撞人，结果却让无辜路人失去了生命，这与单纯因为驾驶失误而撞死人相比，哪一种罪行更重？

结果会有什么改变吗？

"为什么会撞到别人？"我又问了一个问题。在此之前，我一直都以为，棚冈佑真是无证驾驶且驾驶失误而冲上人行道的，警方的调查报告也是这样写的。可是，如果棚冈佑真那天真的打算开车去撞若林，就不是单纯的失误了。

棚冈佑真抿紧嘴唇。

我用求助的目光看向坐在旁边的阵内，但阵内似乎对此并不关心，而是凝视着调查室的墙壁。这个人还是那么让人费解，不知道究竟可不可靠。

"是认错人了吗？"我把想到的可能性说了出来。棚冈佑真会不会本想撞若林，却撞错了呢？

棚冈佑真正要点头，却突然停下了动作，随后摇了摇头。他在犹豫是否要说真话。"不是认错了。"

"那为什么？"

"我找到那个人了，还事先到他的住处踩点，认清了他的长相，所以他一出现我就认出来了。我踩下油门，准备撞过去——"

"可是却没有做到。"事实恐怕是这样了。

棚冈佑真吐了一口气，紧接着变成了咬紧牙关拼命忍耐的表情。他一开始缓缓挠着头，慢慢地动作开始变得粗暴，连呼吸也跟着急促起来。

"你说说看吧。"阵内说，"棚丹，你肯定正在烦恼到底该说什么、怎么说、说到什么程度，对吧？"

"没有啊。"

"够了，说吧。"

"为什么你会这么认为？"

"你会打麻将吗？"阵内伸直原本搭在一起的腿，笔直地坐了起来，"不会也没关系。麻将是四个人打的，对吧？我们就像一直

162

在跟看不见的对手打麻将决胜负。最开始每人拿到十三张牌，就算是一手臭牌也必须努力想办法和牌。运气好的人会一直摸到好牌，而运气差的人就算自摸也只能赢一点点小钱。就算抱怨手气背、牌打不下去了，也还得继续打。有时候手上的牌一看就知道根本凑不出好的牌面。可即便如此，我们也只能想办法尽量好好打。"

我脑中浮现出一个吹奏萨克斯的男人身影。可以说，他一开始拿到的牌并不好。可是，他却试图利用那一手牌打出最棒的牌面，最后和出来的牌不仅不坏，甚至堪称完美。

"你想说什么？"

"我会跟你一起思考战略，所以把你的牌亮出来吧。"阵内说，"你把牌藏起来一个人想办法是有极限的，更何况——"

"什么？"

阵内看向我说："敌人非常强大，一个人难以战胜。我们和你所面对的敌人可绝不会手下留情的。"

"敌人？"棚冈佑真皱起眉。

那些敌人是否顶着"命运""社会""不公平"这样的名字呢？我们从出生那一刻起，就在与之战斗。打麻将时，就算拼尽全力，也不一定能赢。它与将棋和围棋不同，运气要比实力来得重要，就算认认真真、一板一眼地出牌，有时也会输给打法乱七八糟的对手。

"我没有！"棚冈佑真尖声道，"我没有在烦恼，也没有隐瞒什么！"

"撒谎。"阵内马上接道，"你根本没提那只狗。"

狗？

我无法理解阵内话中的意图，以为那又是他最擅长的胡言乱语。

狗又是怎么回事？

我首先想到的是阵内喜欢狗，紧接着想到阵内的朋友永濑不就有一只导盲犬？

我从记忆中翻找出与永濑初次见面的场景。在发生车祸的十字路口，永濑牵着戴有导盲护具的拉布拉多犬安静地走过来，对我说"狗和狗、主人和主人，应该能找到共同话题"，还说那是阵内的说法，害他专门打车过来了一趟。此时，我的思绪被阵内打断。"当时是不是有只狗跑到你开的车前面了？一只吉娃娃。"

棚冈佑真吃了一惊，看了阵内一眼，马上垂下了目光。

"我问过狗主人了。他一直把话憋在心里，应该也挺难受的。"

"所以你就去逼问那个人了？"我问道。

"我只是在他面前喝茶而已。而且茶也不是我让他泡的，是他主动给我泡的。"

那天早上，棚冈佑真看准若林，正要猛踩油门的瞬间却犹豫了。应该说他临阵退缩，还是幡然醒悟呢？当时，棚冈佑真感到的是如释重负，还是对自身胆怯的愤怒呢？又或者，是感觉自己对不起十年前死去的朋友？

可能就在那时，一只吉娃娃冲了出来。

心灰意冷的棚冈佑真被突然冲出马路的狗吓了一跳，慌乱间造成了失误。

是这样吗？

看棚冈佑真的反应，我知道没必要特地确认了。

"为什么你没跟他们说狗的事？"

"因为不会有任何改变。"棚冈佑真答道，"反正根本不会有任何改变。"

"到底什么不会有改变？"

棚冈佑真闭上了嘴。

"你是不是……想避免狗主人被追究责任？"我感觉我朝即将关闭的窗缝里射出了箭。"你是不是觉得，既然已经无法挽回，就没必要特意提起狗的事了？"

"你在这种时候耍帅根本没意义。"阵内稍微抬高了音量，"你以为包庇了某个人就能皆大欢喜？"

"就算说了也不会有任何改变。"棚冈佑真再次说。

"因为死人不会复活？"

"主任，我要代表纠正措辞同好会向你提出抗议。"

"抗议成立。"阵内不知为何语气有点兴奋，紧接着又竖起手指指向棚冈佑真，这让我有点想组建"禁止失礼手势委员会"了。阵内口沫横飞地说："棚丹，你不跟我们说实话，我们会很伤脑筋。如果你想说驾驶失误是为了躲避小狗，就该老实说出来。"

"你只是为了方便自己工作吧。"

"如果事后才知道事实竟是这样，人们肯定会特别失望，心想我们问出来的那些话又是怎么回事，会认为我们只是纯粹在浪费时间。既然如此，那你应该一直隐瞒下去，别在中途让它败露。"

"还不是因为你们逼问，一直要我把狗的事说出来。"

阵内立刻捂住两只耳朵，好像不愿意听父母唠叨的孩子一样。随后他气急败坏地说："就算我们问了，你只要顶住压力，坚持'我不知道什么狗不狗的'不就行了？你把真话都说出来了，我们也只好继续追究下去了。"

"我倒是不需要你们追究。"

"那你就说'狗的事是我编造的'给我听听。"

"为什么我非要听你的命令啊。"

现在已经变成了像乒乓球比赛一样的状况，兵来将挡，水来土掩。虽说两边的说辞都没错，但明显双方都应该更冷静一些。

于是，我就不得不去充当这个和事佬了。当然，就算棚冈佑真现在说"那是编造的"，我也无法把他的话真的当成谎言。

"啊，对了对了，还有漫画。"我为了让气氛缓和下来，抛出了另一个话题，"其实，我们去找过田村守了。"

"守？你们去见他了？"

"是啊。我们专门跑到埼玉去找过他了，那个当接球手却没有守住比赛的守。是不是很想感谢我们？"

"接球手？"

"他高中时打棒球。"阵内说。

突然听到旧友的名字，棚冈佑真似乎有些不安，但表现出的更多是感怀。

"你们后来是不是一直没见过面？"

"我转学了。"

"可是，你们可能见过面。"我说。

"见过面？什么意思？"

"听说他去参加过一个漫画家的签售会，当时你应该也在场。"

棚冈佑真没有立刻做出回答，但他的反应已经给出了肯定的答案。

"你是不是去找那个漫画家，让他把结局画出来？"阵内向来只会投直线球。

棚冈佑真好像想反驳，但最终什么也没有说。他可能还在犹豫该如何回应。

"结果你被拒绝了，于是就扑了上去，对吧？你啊，那个样子谁会答应你啊。"

棚冈佑真一直看着地板，低声挤出了一句话："那个漫画家嬉皮笑脸地对我说，那是失败作品，说我真够多事的。"

"我觉得他没有恶意，"我说，"毕竟那是他自己的作品。之所以那样说，应该是怀着谦逊甚至自嘲的心情吧。"

"可是，荣太郎真的很喜欢那部漫画，一直都很期待结局。就算是作者，也不能那么儿戏。"

"人家又不知道你的苦衷。你该不会觉得，所有人都理所当然地要理解你的一切吧？你又不是初中生。"

"主任，他当时确实是初中生。"

"我曾经也是初中生啊。"

"这跟那没关系。"

"总之，田村守也去了那场签售会，而且他的目的跟你一样。"

"一样？"

"守可能也是出于跟你一样的心情才去的。可是，那场签售会被打断了。你知道原因吧？"阵内似乎很享受攻击对方软肋的感觉，"因为某个幼稚的初中生突然扑向作者，引起了骚动。"

可能是自己的丑态被揭发，因此感到羞愧和自我厌恶吧，棚冈佑真低下了头。

"可是我也觉得，如果那个漫画家能多少理解你的心情就好了。"我吐露出心声，表现出对他的同情，准确来说，是对那个还是初中生的他表示同情。我想，漫画家的态度起到了关键作用。如果他能以更温柔的态度对待还是初中生的棚冈佑真，或许就不会发生这次的事故了。"那个漫画家现在怎么样了？"

"那种漫画家，当然早就过气了。"棚冈佑真噘起了嘴。他的语气似乎有种看到背叛自己的人没有好下场的痛快。"最近几乎没有画过漫画，说不定已经隐退了。"

"原来你一直在关注那个漫画家啊。"

"啊！"棚冈佑真抬起头来，目不转睛地看着阵内。

"怎么了？"阵内警惕起来。

"你忘了？"棚冈佑真语气中带着一丝挑衅，好像突然认真起来。

"什么啊？"

棚冈佑真嗤笑一声，似乎很是得意。"果然在撒谎。"

"你是指十年前的事吗？什么啊，我怎么撒谎了？"阵内声音中透着紧张与不安。

"没什么。"棚冈佑真说。他的语气似乎在说：反正你们这些大人从来都只会口头应付了事。

我不禁感到自己也被责备了。

18

"武藤，来猜谜吧。"我们离开鉴别所，从车站朝法院走的途中，阵内突然这样说。他好像已经忘记了棚冈佑真对我们的质问。心情能够转换得如此之快，令我很是羡慕。

我们走在日比谷公园里。从这里穿过去，就离法院不远了。散步小路两侧生长的树木并未散发出欢迎的氛围，但也没有嫌弃我们的感觉。今天天气不错，空中零星散落着一缕缕烟云。

可能是晴朗的天气让人感到舒畅吧，阵内心情大好，在公园里散起步来，时而慢悠悠地走到池塘边转转，时而翻开地上的石子寻找小虫，那举动和我孩子逛公园时一模一样，因此我每次都要喊一声"现在不是闲逛的时候"，把他拉回来。

"猜什么谜啊？"

"在车祸中不小心把人撞死的人和试图杀人却没能成功的人，

哪个更坏？"

这根本算不上谜题，而且他提出了"车祸"这个关键词，很明显在暗指棚冈佑真。

"哪个……"我喃喃着想象起来。

一个再普通不过的人，因为偶然的失误，比如出了驾驶失误，或者不小心撞到了楼梯上的人，因此夺去了某个人的性命。一个心怀杀意的人，在执行犯罪计划时受到阻挠，最终没有把人杀成。到底谁更坏呢？

如果只看结果，前者造成了一个人的死亡，后者没有造成伤亡。从社会影响的角度来说，前者更坏。可是，那同时也让人想说"可是"。

"A只是运气太差了，要说谁更可怕，当然是B。"

"你还给人家取名字了。"阵内笑着说。

"如果问我更愿意跟谁住在一起，我会选A。"

"我猜也是。"

B只是碰巧失败了。只要没有障碍，B就会变成杀人犯。而A只是运气太差，并不是可怕的人。"可是放到现实中，A同样会被排斥，毕竟A曾让一个人失去了生命。"反倒是B不会引起人们警觉的可能性更高。若林正是A。他好不容易考取了资格证，却无法成为一名急救员。虽然开车走神绝对是他的错，但那毕竟不是故意杀人。

"好，进入下一个问题。"

"哦……"

"一个碰巧因为驾驶失误而撞死人的人和为了报仇把别人撞死了的人，哪个更坏？"

"啊，嗯……"

"你选哪个？"

"这个嘛……"我想了想，然后说，"与刚才同理，我觉得复仇者更可怕。"

有故意行为的更可怕。这点不会有错。相反，任何人，包括我，都会犯错。

"话是没错，但那个人想报仇的心情也并非不能理解啊。"

"嗯……"

或许世人还会产生共鸣。

就算只是个孩子，干了坏事也应该赎罪。

为什么未成年人一定要受到保护呢？让他们感受同样的痛苦不就好了？这种严酷的言辞我们经常会听到。

如果法律不惩罚凶手，反倒让凶手逍遥自在地活着，那就由某个人来复仇吧。我也会有同样的心情。

"那小子可能一直想要报仇雪恨吧。"阵内说，此时他所谈论的已经不是谜题了，"从小学开始，就在想着报仇。"

"那一定很痛苦吧。"我虽这么说，却也不知道究竟痛苦在哪里，说不出痛苦的具体部位和理由。如果一个人长大后实现了孩童时的梦想，那固然值得称赞，但如果是了结了孩童时一直怀有的怨恨，当然不会有人发出赞赏。别说赞赏了，应该是责难才对。

我想象着棚冈佑真的心情，感到了绝望。本应是人生最美好的时光，却像待在光线无法到达的深海中，全然浪费在了负面情绪里。棚冈佑真被报复心这种强大的负能量玩弄在了股掌之间。

为什么非要变成这样不可？

"武藤，你当过网络服务的会员吗？"阵内突然问道，"随便哪种服务。"

"怎么突然问这个？"

"假设你使用某种服务的时候，发生了让你无法接受或者无法理解的事。"

"嗯。"

"于是你决定咨询，可是找遍整个主页，都没找到咨询的地方。"

"啊，我知道了。"有时候想取消某家购物网站的会员，却发现无论点击什么地方，都找不到取消的方法。"明明有开通会员的热线，却找不到处理问题的热线。"

"对吧？"

"那又怎么样？"跟我们现在的话题有关系吗？

"会产生一样的心情啊。"

"什么？"我刚问完，便领悟了阵内的意思。

棚冈佑真为什么要遭遇这一切？他在车祸中失去了父母，又在车祸中失去了朋友，而这次，换成他自己把别人撞死了。虽说他是无证驾驶，自作自受，但难道就没别的办法了吗？

虽然没有拿他跟别人比较，可是，这也明显太不公平了。

面对这样的不公平，自然会产生想找人诉说的心情，至少，想找个人咨询。

为什么会这样？

难道就没别的办法了吗？

这不是投诉，只是想知道答案。

可是，棚冈佑真却办不到。

我不知不觉间看向了天空。虽然很想问问咨询窗口在哪里，却连这个问题都无处去问。

"这次的事情让我想了很多。"阵内说。

"想到什么？"

"汽车真可怕。"

"啊？"

"你想想，发明汽车的人肯定没想到自己的发明会害人失去生命吧。你再看看，世界上已经有多少人遭遇过车祸了。"

"哦……"我含糊地应了一声。汽车并没有罪，车祸造成的悲剧却数不胜数。无论是加害人还是被害人，其人生都受到了严重影响。尽管我很赞同，却无法否定汽车的价值，毕竟汽车不是以破坏为目的被创造出来的武器。

"武藤，我知道你想说什么。"阵内立即说道，"因为汽车，我们的生活方便了不少，如果没有汽车，就不可能有现在的社会。

也许有人会质疑汽车究竟是不是现代社会构成的必要因素，可是没有了汽车，或许会有更多人失去生命。"

"嗯，我赞同。"

"汽车是谁发明的？"

"是谁来着？在网上应该能查到。"但我并不打算去查。我觉得自己有可能会想，就是这个人发明了那个夺走无数生命的东西吗？

"反正肯定是平贺源内。"

"我觉得不是吧，而且你那'反正'又是怎么回事？"

"基本上所有事情都是平贺源内搞出来的。土用丑日这种纪年方法是他发明的，计步器也是他做出来的，还有汽车。"

"不对啊。"我说完后，想起上次小山田俊告诉我的话，又补充道，"他也不是'殿下蝗虫'的命名人。"

"那是真的，不信你上网查查。"阵内一脸认真地说。

"我才不查。对了，主任，你真的不记得吗？"

"不记得什么？"

"十年前你对棚冈佑真说了什么。"

"说什么了啊？"

"他不是说你十年前是撒谎吗？你又撒什么谎了？"

"别说的好像人家总在撒谎一样好不好。真正重要的事情我是不会忘记的。"

"可你不是不记得吗？"

"那肯定是他自己理解错了。不是什么事都能生一顿气就轻易解决的。"

刚才的棚冈佑真看起来不像生气，而是有点寂寥。

19

我们沿着散步小路向前走，来到那棵"赌头银杏"前。据说这棵巨大的银杏树的树龄有三百五十年，树干周长足有六米。它高耸粗壮的身躯看起来气势十足，就像巨人中的长老一般，而向四面八方伸出的枝丫却散发着奇妙的动感，像是一根根从各个角落收集信息的天线。

树旁有一块木牌，上面写着这棵银杏树的来历。这棵树原本要在拓宽道路的工程中被砍伐，规划日比谷公园的一位博士说"即使赌上我的脑袋也要把它移植成功"，因此它才会矗立在这里。当时很多人都认为这棵树绝不可能成功移植，而现在它依旧青葱茂盛，那位博士一定耗费了不少心血。每次来到这里，我都会心生感慨，同时也有点缅怀那位已经故去的博士。

"像主任一样。"

"你什么意思？"

"胆大妄为，明明大家都觉得不可能，却要赌上自己的脑袋试一试。"

"我比他更冷静更严谨。我可从来不会乱答应不可能的事。"

"这位博士也很冷静严谨啊。"我说完才想起来，阵内向来很讨厌听到跟某人很像的说法。

"回到刚才的话题。"阵内说，"我很不喜欢那种麻烦事。"

"你是说银杏树？"

"当然不是。是汽车。汽车会导致大量事故发生，却又不能说它就是坏东西，因为汽车还能救人。我就被汽车救过一命。"

"是啊。"

"那种善恶不分明的问题真麻烦，我很不喜欢。"

"哦。"

"比如恐怖分子这个问题，你知道吗？"

"又是猜谜？"

"假设有人抓住了一个恐怖分子，这个恐怖分子已经安装了炸弹，如果置之不理，会有很多人死亡。可是，恐怖分子不肯开口。这种时候，到底该不该允许对恐怖分子严刑拷问呢？"

果然，这个也很难称得上谜题，但我还是百思不得其解。"这个问题真有正确答案吗？"

"谁知道呢。"阵内皱起眉头，"如果只是单纯看数字，可能只需要选择能够拯救更多人的那一项就好了。"

我也听过类似的问题，比较有名的是关于一辆火车的。当火车即将撞死一群人时，是否应该为了拯救更多生命而牺牲某个人的生命？这是个简单却让人烦恼、烦恼到最后又极为不愉快的问题。

"最贴近我们生活的应该是《绝世天劫》吧。"阵内说。

"那部电影？"

"是否要为了拯救人类而牺牲布鲁斯·威利斯？进一步讲，就是那能否算大团圆结局。不过如果光看电影，那应该是正确答案才对。"

"那算是贴近生活的问题吗？"

"发散一下，还能提出'是否恶人就该杀掉'这样的疑问。"

"什么意思？"刚说完，我就想象出了内容。

那也是个经常被提起的假设。如果明知眼前这个孩子长大以后就是希特勒，那么将其杀害究竟是好事还是坏事？虽然不能全然定义为好事，但其中应该也有值得谅解的部分，可就算如此，也不能杀人。这又是个让人左右为难的问题。

首先，希特勒是个极端的例子。再者，就算没有希特勒，也会有别人出现，让历史沿着同样的轨道发展。打个简单的比方，眼前有个人要杀人，那么，将其推入谷底究竟是对是错？

"谷底到底是什么啊？"阵内听了我的话，把关注点放在了奇怪的地方，"你到底在哪儿？"

"不是我也无所谓。啊，拿上次那件事来解释就很好懂了。"

"上次？"

"不是有个人提着刀冲上小学生上学路了嘛。我们当时是用旗杆对付他的，可是，如果有孩子面临被刺的危险，我们是否可以伤害那个人？"再进一步讲，我们是否可以杀死那个人？

阵内双臂环抱，仿佛在跟赌头银杏一问一答。"谁知道呢。"

那棚冈佑真呢？自然而然，我想到了他。他为了给儿时的朋友报仇，开车冲上了人行道。那当然是不行的，所以才要受到惩罚。可是，也有人"理解"他的行为，不是吗？连我也对他有点"理解"。想报仇的心情，是谁都无法控制的。

我又想起了不久前才见过的若林，心中顿时笼罩起阴暗的乌云。若林是个少言寡语、安静老实的普通年轻人，作为一个被仇恨的对象，显得过于软弱无力。他至今仍背负着十年前那场车祸的阴影，不堪重负，几乎随时都要崩溃，却还要拼命地活着。所以，他应该可以被原谅吧。

可事情没那么简单。死去的荣太郎再也回不来了。这也是事实。

还有……那个被棚冈佑真开车撞死的人也无法复活。

"唉。"阵内摇了摇头，长叹一声，"真麻烦。"

此时我也无心谴责他的发言，反倒赞同道："是啊。"

"难道不能再简单点吗？正义获胜，邪恶落败。明明这样会更受欢迎。"

"我们不是为了受欢迎啊。"

阵内缓缓迈开脚步，我跟了上去。途中，我回头看了一眼赌头银杏。人人都说不可能移植成功的银杏如今精神饱满地矗立在那里，仿佛横跨了数千年时光的长者，展示着依旧挺拔的身姿。我不禁想象起那个厉声说出"即使赌上我的脑袋也要成功"的男人。

　　这种事不足为奇。那棵银杏矗立在那里，仿佛在对我说。

20

　　那个抱着吉娃娃的男人到玄关迎接我们时，看起来仿佛已到生命的终点、丧失了所有水分的枯木一般。可就在他把我们领进和室交谈了一会儿后，又如同枯木逢春，枝头冒出了绿叶，整个人散发出堪称青春的活力。他的头发所剩无几，脸上遍布皱纹，但目光非常锐利。如果说他是著名陶艺家，我会恍然大悟，觉得还真有这么点感觉；可如果说他已从建筑公司退休整十年，平时无所事事，过着以逗孙子、看电视为乐的生活，我也会恍然大悟，觉得还真有这么点感觉。

　　我坐在餐桌旁，旁边坐着永濑。帕克躺在永濑的脚边。在进门之前，帕克一直满怀使命感，尽职尽责地走在前面，而自打进门以后，它就摇身一变，把这里当成了自己家，懒洋洋地放松下来。永濑说："阵内总是笑话帕克，说它是只最会变脸的狗。"永濑以前养过另外一只导盲犬，如今已经退休，被寄养在优子的娘家。

抱着吉娃娃的男人虽是这个家的主人，却指着自己放在桌上的茶杯说："我太太出去了，家里只有茶水，招待不周。"随后他又问永濑，"真的不用给你倒茶吗？"

"没关系。"永濑拿出了自己的水瓶。他在屋里也戴着墨镜，对此他曾解释说，一直闭着眼睛说话会让对方感觉很奇怪。他就算笔直地坐着，也会时不时地歪一下脑袋。可以看出，与用双眼注视对方的我们不一样，他是用双耳捕捉对方的，就像天线一样。他安静地坐着，仿佛能用耳朵将我们从里到外看得无比通透。

"前段时间我上司应该给您添麻烦了。"我首先客套了一番。

"啊？上司？"

"就是我院的阵内。"

"那人是你上司啊？"

一开始让永濑到事故现场去走一趟的人就是阵内。据说他给的理由就是一句"养狗的男人应该能跟养狗的男人比较谈得来"，而那句异想天开的话好像也并没有说错，因为永濑在现场真的跟牵着吉娃娃的男人说上了话，还因为对方对他的导盲犬有兴趣，两人聊得很是尽兴。那个男人便是我们眼前的这位先生，是事故的目击者。

"刚开始我还以为是诈骗呢。"男人笑着说。他跟牵着导盲犬的永濑聊得正高兴，突然有个自称永濑朋友的人冒了出来，那人就是阵内。

"不过交谈几句之后，我发现他是个有点奇怪但很有意思的人。"

"那人无论在哪儿干什么事，都会给别人添麻烦。"

"他确实称不上知书达理。"男人说着微笑起来，"你们这次来还是为了上次说的那些吗？关于我家小狗惹麻烦的事。"

"我负责调查那起事故，所以想直接听您说说。"我试图暗示自己并不是来谴责他的。

老实说，我自己都不太确定是否还有必要再来听一遍事情经过。且不说对方可能也不情愿，我也不知道来一趟能有多少收获。

眼前的男人露出了不得不向警察自首般的微妙表情。"这样说可能有点像借口，当时突然刮起一阵强风。"他说。就在他说话的瞬间，室内突然扬起一阵风，那当然只是我的幻觉，但眼前仿佛弥漫起了看不见的尘埃。"可能是眼睛里吹进了沙子吧……"他在餐桌另一端轻轻闭起双眼，抬起一只手挡住眼睛，"然后就那个了。"

"嗯。"

"不小心松开了狗绳。"此时，仿佛在重现当时的场景一般，吉娃娃从男人怀里跳了下去，跑进厨房。男人先是将放开狗绳的手掌一张一合，随后告诉我们，他当时吓了一跳，一边揉眼睛一边找吉娃娃，突然就有一辆车冲上了人行道。"我真不知道究竟发生了什么事。"他叹息一声，摇了摇头，耸耸肩道，"我当然看到了有辆汽车冲上人行道，但是没看到有人被撞。真的。"

吉娃娃被车祸的巨响吓了一跳，拖着狗绳回到了主人身边，男人慌忙把它抱起来，却见一个少年从车祸现场的方向一脸茫然地走了过来。

"那孩子对我说'你留在这里会惹麻烦的，最好赶紧走'。我听了十分焦急，马上离开了。接下来的话可能也有点像借口，那天我其实要上医院的，没想到竟然死了人。"他皱着眉说完，又吐露了心声，"唉，真是太可怕了。如果那场车祸是因为我家小狗，结果会怎么样啊？一想到这个我就怕得不行。"

"小狗乱跑与那场车祸究竟有多大关系，现在还不太清楚。"

"可是如果我家小狗没有跑出去，可能车祸就不会发生了。"

吉娃娃跑回来，蜷在男人的肚子上。

"也有可能还是会发生。"

"当时那个建议我离开的人，就是开车肇事的孩子吧。"男人没有把十九岁的少年说成"司机"，而是"开车的孩子"。可能在他眼中，那还是个天真的孩童。

按照男人的说法，在看到电视新闻大肆报道未成年人无证粗暴驾驶造成死亡事故的消息后，他越发害怕了。因此，他没能说出实情。

如果换作是我，恐怕也会这样。一旦主动说出"车祸的真正原因有可能是我家宠物狗"，所有人的愤怒或许都会转向这边。人们会不会认为我在包庇作恶少年而投以白眼呢？被害人家属会不会将怒火烧到我身上，甚至要我承担金钱赔偿呢？能够想到的可能性实在太多了。

"但我觉得，这迟早会被人知道。"男人说完，长舒了一口气，"警方只要稍微加以调查，就能知道我家吉娃娃是不是车祸原因。如果真的有关系，那孩子肯定也会说的。"

可是，棚冈佑真并没有说。从上次在鉴别所看到的棚冈佑真的反应来判断，他是故意不说的。

理由可以有好几种：他的动机是复仇，那并不是单纯的事故；或许他也认为，把过错推到狗身上太没道理了；或许他还担心，如果把狗的事说出来，反倒会让我们对他有更坏的印象——"竟然让狗背黑锅！"

若非如此——我刚想到这里，坐在旁边的永濑说："或许那个孩子在想，坏人只有他一个就够了，不想给小狗和主人添麻烦。"

我感觉自己的想法都被看透了，差点伸手捂住脑袋。

"你是说那孩子在包庇我吗？"男人抱起回到身边的吉娃娃，"包庇我和这个小家伙。"

"干了坏事的人是他，包庇这个说法是不对的。"我强调道。这跟无辜的人蒙冤并不一样。

永濑抬起头，仿佛在仰望天花板，我顺着他的动作看过去，男人和吉娃娃也看向头顶。什么都没有。

我们陷入了短暂的沉默。吉娃娃和帕克仿佛都睡着了，男人拿起茶杯喝了一口茶，永濑则端起水杯喝了一口。虽然安静，却并不尴尬。过了一会儿，男人开口道："那个肇事的孩子……现在怎么样了？"

"他不怎么愿意跟我详谈。"没必要掩饰。"所以我们才来拜访您，想问问那天的情况。"

"那天的情况……"男人抿着嘴，就好像在认真审视自己的陶艺作品，随后垂下肩膀说，"其实我也不清楚。"紧接着又说，"等我回过神来，车祸已经发生了。可能那孩子和我的感受一样吧。"

"哦……"

"或许，那个肇事的孩子也不知道究竟发生了什么。"

"有这个可能。"

"如果确定车祸是因为我家吉娃娃突然冲出去造成的，那孩子的处境会有所改变吗？"

"您说的处境是……"

"对他的处罚会减轻吗？如果可以，那我就必须要站出来了。"

"不。"我马上回答，"未成年人的案子跟成年人的案子不一样，并非以处罚为目的，而是为了让他们改过自新。"

"啊，改过自新。"男人似乎听过这种说法。

"他的违法行为已经确凿无疑，不管有没有狗冲出来，都不会对问题的关键点产生影响。"

"什么意思？"

"比如说，一般情况下，就算有一只小狗冲出来，也不会酿成那么严重的车祸，对不对？"我试着想象自己坐在驾驶席上，在清晨沿着空旷的道路心不在焉地开着车，突然旁边冲出来一只吉娃娃。此时最先做出反应的一定是右脚。我会猛地踩下刹车，造成车身突然停顿，仅此而已。"可是那孩子慌了手脚，没有踩刹车，而是猛打方向盘，很有可能还把油门错当成了刹车。"

"为什么会那样……"

因为他无证驾驶，技术都是自学的。他开着借来的车四处转悠，技术根本不够熟练，面对突发事态，自然不知道该如何控制身体动作。以前我负责过其他未成年人无证驾驶的案子，基本上，他们的技术都来自家用游戏机的赛车游戏操作，或者受到了电影里飙车追逐画面的巨大影响。

"在游戏中，正在比赛的车辆基本上都不会踩刹车，电影里也大多是一个劲地打方向盘，所以他才会条件反射地做了那些动作吧。"

"就是说，即使旁边蹿出一只吉娃娃，只要是正常司机在驾驶……"永濑说。

"应该就不会酿成那样严重的车祸。"

吉娃娃突然撑起身体，大大的眼睛折射出光芒。它仿佛松了一口气，在说：我的责任其实没这么大，对吧？

"所以，这一切的根源在于他无证驾驶。我们在调查中会比较重视这些方面，当然，也不能说小狗并非与此毫无关联。"我有点在意吉娃娃的反应，忍不住看了它一眼，吉娃娃似乎已经失去兴趣，闭上了眼睛。"只是不会有重大影响。"

严格来说，这个案子原则上必须移送回检察官，但我并没有说。

"可是，那孩子为什么要一大早在那里开车呢？"永濑说。

实际上他是想报仇，为了报十年前的仇，试图把另一个人撞死。可我实在说不出口。永濑应该不知道这件事。

"可能因为没驾照，想趁车少的时候开出来玩玩吧。"

"有可能。"我撒了个谎，"据说他经常晚上开车。"

我想起棚冈佑真的伯父棚冈清的面庞。"可我对佑真还是一无所知。"他说这句话时，神情十分落寞。当他投身于大学教授的工作，整天在研究室里忙碌时，可能做梦都想不到，棚冈佑真竟然会深夜偷偷跑出家门，在外面无证驾驶吧。虽然那的确称得上监护不力，但要一个人对自己从未担心过的事情上心，确实挺难的。

"那孩子其实也算不上不良少年。"男人抚摩着吉娃娃说。

"人不可貌相。"永濑微笑道。

"可能因为你看不见，反倒不会被外表欺骗。"

"最近的社会环境可能太紧张了，连电车里那些普通人都会突然吵起来。"我说。我不止一次在通勤电车上看到那些年纪不小的成年人因为一点小事争执不休。

"牵着导盲犬在路上走，会不会招来怨言啊？"男人问道。

"毕竟世上的人各种各样嘛。"永濑叹了口气，"不过，大多时候人们都会对导盲犬持理解态度，只是偶尔会有人发发牢骚，或者捉弄帕克。"

"太过分了。"

"因为有的人怕狗。啊，不过上次——"说着，永濑给我们讲起了他坐电车时遇到一个男人责备他"不要带狗上车"的事情。"听嗓音和脚部动作，应该是个年纪比较大的男人。"

那个人说狗很臭，还会掉毛。永濑马上从座位上站起来说："真是对不起，下次我会注意的。"

"你看看，掉了一地的毛。"

永濑很快就明白对方是看准他双目失明而在说谎。

没有掉毛啊——永濑正要开口，身旁传来一个声音。"没有掉毛啊。"那是一个女人的声音，听起来应该年纪不小了。"你啊，到底生活在什么年代？导盲犬跟一般的狗不一样，可以坐电车，也可以进商店，这不是常识吗？而且它也没掉毛啊。"

"你是谁啊？这跟你有什么关系？"

"比起导盲犬，这个车厢更不欢迎的是你这种人。"

"你说什么？"

"不然我们就投票吧，到底是狗麻烦还是你麻烦。"

"投什么票，又不是小学生。"

"你知不知道国会议员是怎么选出来的？"

这下麻烦了，永濑在心中抱住了头。他觉得世间法则应该再多加一条："把导盲犬带进电车会让中年男女发生争执。"

"好了好了，我下一站就下车，二位别吵了。"

"你在说什么呢！不用下车。该下车的是他。"

"结果，我没能在想下车的站下去，"永濑笑着说，"因为我知道她没有恶意，所以也无法反驳。"

那男人后来还恶狠狠地说了一句："仗着自己眼瞎。"女人马上回了一句："你不也是嘛，仗着自己头秃。"争执演变成了小孩子吵架，或者说低级别的职业摔角了。

"好了好了，二位都冷静一下。"永濑极力安抚两人，其他乘客也慌忙过来劝架。

电车又到了一站，永濑一边向周围致歉，一边牵着帕克下了车。

"车门关上的前一刻，我知道那个男人也下车了。"永濑对我们说，"可能他觉得愤愤不平，就下来了。"

"难道他对你发火了？那可太过分了！"抱着吉娃娃的男人说。在他怀里的吉娃娃也睁开了眼睛。虽然我不知道吉娃娃在想什么，但它的眼神显露不出什么压迫感，十分可爱。

"我听到他从背后向我走过来，心想如果在楼梯上被他推一把实在太危险，就走向了电梯。结果他还跟过来了。"

"这也能知道？"

"听脚步声基本都能听出来，而且那个人当时还一直骂骂咧咧的，一听就知道是他。"

"那种人说不定会对狗下手。"

永濑点点头，似乎有过类似的经历。我感到十分不快，皱起了眉头。永濑似乎察觉了我的反应，对我说："有时候确实没办法啊。"尽管对这种事情难以接受，但毕竟不能指望一切都没问题。

"后来怎么样了？"

永濑一边等电梯，一边算准了背后那个男人停下来的时机，转过身问道："你还有什么事情吗？"

那人可能根本没想到永濑会知道他在那里，顿时狼狈极了。他觉得永濑骗了他，极为恼火地说："原来你能看见？"

"我看不见。只是正因为眼睛看不见，才会用别的方法把握周围的情况。"

"可能我的语气过于淡定，反倒让他更气恼了。"永濑用反省的语气说道，"阵内也说过，面对生气的对手，要故意露出怯意，或者干脆比对方更生气，让对方害怕自己，否则只会更加惹怒对方。"

那个人很明显开始气急败坏。

"不好意思，我先把话说明白了。"永濑说着伸出了手。他通过声音和震动知道电梯的钢缆正在移动。"我的眼睛看不见。"

"那又怎么样？"

"所以没办法控制力道。"

"控制力道？"

"要是有人对我动手，我的身体可能会自动做出反击。"

"啊？"男人惊诧不已。

听到这儿，我忍不住追问："那是真的吗？"

"当然是谎话啊。"永濑苦笑着耸耸肩。我一直认为，这类身体动作一般是通过观察对手的反应自然记住的，我很好奇永濑究竟要如何掌握那一点。"不过我学过合气道，如果被人抓住了，还是有办法反击的。"随后他又说，很多视觉障碍者都会练习合气道。

"不过我是因为阵内一直不厌其烦地叫我学点功夫，才勉为其难去学的。"

"为什么要学点功夫？"

"他的说法是，双目失明的我如果把谁掀翻或者打倒，那一定很痛快。我们一起看《超胆侠》①的时候，他说干脆你变成主角那样吧。"

我联想到永濑安静地坐在电视机前，一旁的阵内把电影内容添油加醋地讲给永濑的光景。"不过，主任确实会喜欢那种颠覆先入为主的观念、一不小心就出人意表的情节。"

"如果双目失明的我用功夫把对方打倒了，阵内肯定会特别高兴。"永濑笑着说，"他连帕克也没放过，一直想训练帕克袭击人。"

他那是想给导盲犬做负面宣传吗？

"然后呢？"男人刚说完，怀里的吉娃娃就像在做配合似的把脑袋歪了过来，让我一时分不清究竟是谁在说话。

在站台的电梯前与永濑对峙的男人听到他"可能会自动做出反击"之后，似乎提高了警惕，但又好像并不甘心就此退去，于是突然伸出右手，试图揪住永濑的领子。

"那种程度我还是可以避开的。"永濑用理所当然的口吻说。

"真的吗？"

"人在迅速挪动身体时，会先吸一口气，然后憋住，还会发出

---

① 漫威漫画中的英雄故事之一，主角是个双目失明、身手了得的人，除了敏锐的感官外，并无超能力。2003 年改编为电影。

转动身体的声音。因为眼睛看不见，我们失明的人会时刻留心声音、震动和地面的起伏。而且在对方充满敌意时，神经会更加紧绷。"永濑说着那些话，却丝毫没露出紧绷的样子。

永濑把身体一斜，躲过了男人伸出的右手。

"接下来他会更加气急败坏地向我扑过来，这也都是套路。"永濑说。

那个人当时真的喘着粗气，又向永濑逼近了一步。那一下横扫又被永濑躲过了。

"快住手吧。"永濑说。如果那人再朝他扑过去，他很可能躲不掉了，只是男人多少被消磨了几分气势，又对这个失明男子的实力产生了戒心，表现出了一丝犹豫。然后，就在有人靠近的瞬间，那人离开了。

"你真是太莽撞了。"男人抚摩着吉娃娃笑道，脸上显露出既担心又愉悦的神情，"唉，原来还真有人会对导盲犬发牢骚啊。"

"嗯，当然有。"永濑的语气并不像是出自被害人，也没有对世间冷漠的感叹，反倒有一种自己是加害人的愧疚，"有的人看到狗走进电车确实会不高兴。"

"那种人只是想找碴儿发泄吧。对方看起来比自己弱小，就会想去攻击，一解心中的郁愤。"

"确实有可能。"永濑仿佛在对自己说，"恐怕下次牵头熊会好很多吧。"

"熊？"

"不是导盲犬，而是导盲棕熊。"永濑似乎摸过熊的标本，知道那是种什么动物。"如果牵着那种动物出门，肯定不会有人敢惹我。"永濑笑着说。

21

两天后，若林来找我。

早上，我一如往常地走向法院，突然听到一个声音喊我："武藤先生，很抱歉！"回头一看，是一头短发的若林。他眼神凶恶，这么说可能有点不恰当，但因为他长着一张像在瞪人的脸，害我以为被什么人找碴儿了。"能谈一谈吗？"

"谈一谈？你要找主任？"

"不，是找武藤先生你。"

我看了一眼手表。

"啊，不是现在也无所谓，你有空的时候就行。这是我的手机邮箱，请随时联系我，直接打电话也可以。"说着，若林把一张看似从笔记本上撕下来的纸递给了我。我含糊地应了两声，他就匆忙转身离开了，只剩我站在原地看着手上的纸片。上面写着几个数字和小写字母，称不上字迹清秀，但写得很认真，可能怕我看错，还特意加了个箭头注释——"这不是 o，是 d"。从这张纸片上，我能感觉到若林希望我联系他的急切心愿。

我走进办公室，见阵内已经来了，就把刚才见到若林的事告诉了他。我并没有隐瞒的理由。阵内好像也并不在意。"这不是很好吗？跟他好好谈谈。"

"谈什么啊？"

"看完一部好看的电影，不是会想找个人一起谈谈那部电影好在哪里嘛。"

"什么意思？"

"他肯定是想和你分享，阵内那个人真是太棒了。"

"看了一部烂片也会想找人一起骂一骂的。"

阵内把我的讽刺当成耳旁风置若罔闻。"武藤，你去见过那只吉娃娃了吗？"

"我不是去见吉娃娃，是拜访了狗主人家。永濑陪我去的。"

"真是的，你太依赖永濑了。"

"不是主任你拜托永濑的吗？你说目击者当时牵着一只狗，所以让永濑牵着狗过去找目击者。你为什么会对那个事故现场如此在意？该不会是因为算到吉娃娃冲出去了吧。"

"我是算到过，觉得那只吉娃娃与这起案件有关。"阵内转过脸，居高临下地看着我。

"你看起来就像一个可疑的神棍。"

197

"哪个神棍看起来不可疑？凡是神棍都非常可疑，哪里有什么人人爱戴的神棍。"阵内说了句毫无用处的狡辩，可能连他自己都觉得麻烦，话锋一转，"老实说，自从知道棚丹是十年前的那个小学生，我就有点在意了。在车祸中失去朋友的他，无证驾驶造成车祸，肯定不单纯。"

"有什么不单纯的？"

"就是有某种目的或内情之类的。一开始，我怀疑真正的肇事者另有其人，因为那实在是太难以置信了，所以我才到处寻找目击者。结果真相完全与我的预料不符，肇事者果真就是棚丹。"

"若林是个怎样的人？"

"什么怎样的人？你不是见过他吗？他是个眼神凶恶、少言寡语但性格很认真的人。"

"我是说当时的他，还有他的家庭环境之类的。"

"你不是要跟他碰面吗？直接问不就好了。"

"可是如果跟他提起以前的事故不太好吧？"

"有什么不好的？"

"因为会让他回想起来。"

"回想起来又有什么关系？反正他又没忘记。"阵内气愤地说，"那小子可是加害人，不是被害人。那种事怎么可以忘记？更何况他也没忘记。"

虽然很不甘心，但阵内说得一点没错。

午休时间到了。棚冈佑真的陪同人给我来了电话。"我想跟你交换一下信息。"陪同人说。我正在想他是不是迟迟撬不开棚冈佑真的嘴，实在没办法才找我，就听到对方说："佑真告诉我他对武藤先生说了点什么。"

这到底是指什么呢？是说他为了报仇，原本是要故意撞人而非引发事故，结果却撞到了别人，还是指吉娃娃冲出来那件事？无论是哪件事，都无法在电话里说清楚，因为都非常复杂。

"我明天能去找你谈谈吗？"对方说道。我当然找不到拒绝的理由。

挂掉电话后，我脑中浮现出棚冈佑真气愤的脸，让我一时难以将其抛到脑后。他那带着一丝抗拒的表情里还透着点稚气，但更明显的则是不安。

那是当然，我很想说。不管是我还是其他大人，都不知道他今后会面临什么。法官应该也一样。他本人会害怕，这并不值得羞愧。

我没来由地对那部漫画产生了好奇，那部十年前荣太郎每周都特别期待、棚冈佑真和田村守为了荣太郎而希望作者一直画到最后的连载漫画。

网上查不到太多信息，顶多就是把这部漫画当成突然腰斩的作品，半带嘲讽地简单介绍了一下。作者似乎已经不再画漫画了。

一切都成了过去。仿佛所有人、所有事物都抛下荣太郎，消失在了前方，这让我不禁感到寂寥。

时间总是在毫不留情地前进。我们都会渐渐老去，在某一天迎来死亡。我和我的家人、阵内、所有人都一样。想到这里，我感到有点无助，眼前一片黑暗，脑中弥漫着沉重的阴霾。身体深处的冰冷让我忍不住摇了摇头，打了个寒战。

第二天晚上，我跟若林在毛豆料理店见了面。

"上次收了一张传单，就想来试试看。"我解释道。这并不是谎话。几天前我跟永濑一起朝吉娃娃主人的住处走时，一个年轻人突然递过来一张传单，说："您知道毛豆和大豆其实是一种东西吗？"永濑说着"就是收获期不一样吧"，把传单接了过来。派传单的人高兴地说："没错！"

店内装潢以淡绿色为主色调，显得干净明亮，桌子的间距不会过窄，坐起来十分舒适。

我们点了毛豆汤和毛豆沙拉等。"真亏他们没在啤酒里放毛豆。"若林低声说。

因为是他提出要跟我谈话的，我觉得自己没必要想话题，可是在这沉默的间隔里实在不忍开口催促，便问了一句："我们主任跟十年前没什么两样吧？"

"啊。"若林直起身子，眯着眼睛，表情看起来不像微笑，反倒更像肌肉抽搐。"嗯，是啊，没什么变化。一开始我特别害怕。因为他说起话来好像很生气，又总是一副怕麻烦的样子。"

"不过后来就习惯了？"

"也不能说习惯了，反正他对谁都是那种态度。"

"确实。"我赞同道。

"自从知道他那个样子后，我就开始有点信任他了。"

"信任他可有点危险。"

"我父亲在公司特别窝囊，根本不敢违抗上司，又会欺负比自己弱小的人。他就是欺软怕硬，总是在家喝醉了对我大打出手。跟那种两副面孔的人比起来，阵内先生其实更好相处。"若林在用词上有些粗鲁，这才让我感觉到他曾经是个不良少年。

"啊，嗯，原来是这样。"

"当时阵内先生跟我父亲一起到鉴别所去看我，然后阵内先生发了特别大的火。"

"对谁发火？"

"我父亲。阵内先生说：'都是因为你这个欺软怕硬的东西，欺负不了别人就欺负自己孩子，到头来导致了无法挽回的事故，害我这个调查官平白无故多了这么多负担。'"毕竟已经过去整整十年了，若林已经能苦笑着面对这些回忆了。"我父亲当然也发火了，说'你懂个屁，你那是什么语气'，还扑过去跟阵内先生扭打在一起。两个前来跟我面谈的人竟然在面谈室打了起来，真是太荒唐了。"

"难道没引起骚动吗？"身为公务员的家庭法院调查官竟然出口伤人，还在面谈中与少年的监护人打作一团，那完全有可能被放到新闻里大做文章。"就那样了？"

"还有后续。"

"啊？"

"简直一团糟。"若林虽然这么说，但语气中似乎隐含着愉悦。

"怎么了？"我此刻的心情就好像忍不住从指缝里偷看恐怖片一样。

"刚才也说了，我父亲在公司抬不起头来，在家却作威作福。在公司被人欺负，回来把自己儿子揍一顿。总之，那家公司的管理方式就是后辈要对前辈绝对服从，还会在忘年会上又唱又跳的。"

"嗯，你之前说过。"

"而且就算是跟工作无关的事，也会对员工说些否定人格的话。我父亲可能一不小心把那些事说给阵内先生听了。我当时待在鉴别所，不知道详情。"

"主任做了什么？"我战战兢兢地问道。

都怪你把气撒在自己孩子身上，才会造成这次麻烦的案件。不过，你之所以会这么做，是因为那个公司的上司太专横了。真是气死了，一点都不体谅下我的辛苦。阵内对若林的父亲说了这样的话。

"于是，阵内先生就参加了忘年会。"

"哪里的忘年会？"

"我父亲公司的。"

"跟他有什么关系啊？"

"完全没关系。"

"你父亲并没有邀请他吧？"

"没有。"

我猛然想了起来。"*Power to the People*？"

"啊，你知道？"

"我听说是主任和他朋友——"我想起了永濑和优子，"演奏了那首曲子。"

"可能就是那个。"

"然后呢？"

"他们突然用超大音量开始演奏，过了两分钟，店里的人慌忙走过来阻止。"

"他到底想干什么？"

"改歌词。"

"改歌词？"

"他们把歌词改成了'Power to the 上司'。"若林仿佛被逼无奈般，说了自己根本不想说的冷笑话，露出一脸悲壮的表情。

"给上司力量？"

"一开始好像跟原曲一模一样，吉他也弹得很棒。不过慢慢就变成了日语歌词。那时候职权骚扰①这个词好像还没普及开来，反正就是很讽刺的歌词。"

---

① 凭借自身地位和人际关系等职场优势，给人造成精神或肉体痛苦的行为。

给上司力量！给上司权力！那不知是嘲讽还是抗议的行为，让我很想长叹一声。我听说这首歌原本是要鼓励劳动者凭借自己的力量站起来，如此说来，这或许并不算是错误的选曲。想到这里，我又想摇头了。"改歌词好像很容易败兴啊。"

"可是，他们唱得——"若林耸了耸肩，"好像还不错。"

"啊。"

"我跟父亲没什么交流。他最终因为我的事情辞掉了工作，所以一直跟我很疏远。我不记得是什么时候了，当时我还在少年院，他来看我时说了那件事，说忘年会场面可混乱了。后来他喝醉后经常会提起那次忘年会，说那次忘年会真是太糟糕、太可笑了，他们改的歌词太蠢了，不过歌确实很好。只有在说到这个时，他的表情才会柔和下来，然后来上一句'是啊，那声音真不错，这点我承认'。据说阵内先生的歌声模仿得很像。"

"跟原曲很像？"

"嗯，很有魄力，所以似乎并不算败兴。那些上司被他指着鼻子高喊'给你们权力'，应该很生气吧。"

"啊……"我突然意识到自己听过阵内弹吉他，但并没有听他唱过歌。"对了，当时打鼓伴奏的人其实是个盲人。"

"什么？"

"没什么。"我突然很想听听永濑打鼓、阵内主唱的 *Power to the People*。

服务员端上来一大盘盖了奶酪的剥皮毛豆。牙签是特制的，前端分成五段，可以一次扎起五颗毛豆。我尝了尝，口感不错。

"武藤先生，我到底该怎么办？"待到喝了点酒，面色有点发红，表情也冷静下来时，若林问我。

"什么怎么办？"

"当年那个小学生飙车出了事，一定是有人死了吧？"

"他现在已经不是小学生了。"棚冈佑真的脸在我脑中闪过。

"我查了那场车祸，在网上搜的新闻。"

"啊，嗯。"

"后来我想，他是不是想撞我呢？"若林露出无力的笑容，太阳穴和眼角在抽搐。他好像已经做好了心理准备，却依旧害怕得到肯定的回答。

我并没有花太多时间去烦恼该如何回答，但若林似乎把我短暂的沉默当成了默认，叹息了一声。

"这都怪我。"

"这次的事不是你的错。"这句话我好歹是马上说出来了。

"都是因为我，才造成了十年前那场车祸。如果没有那件事，也就不会有这次的车祸了。"

"那可不一定。"我的话当然没能让他好受一些。

若林引发的那场车祸，过了十年依然没有消失。即使有时看不见，却一直潜伏在视野之外，如同潜水艇一般，一旦有什么事发生，就会急速上浮，向若林发起袭击。

"武藤先生，我到底该怎么办？"

"你不用太在意，我这么说可能有点不负责任，但这确实不是你该烦恼的事。"

"那个人不是想要报仇吗？既然如此，当时还不如撞死我。"

"冷静点。"

"我很冷静。"确实，若林看起来一点都不像情绪亢奋的模样。"武藤先生，如果你下次要跟他面谈……"

"暂时还不确定呢。"

"能不能问问他想让我怎么做？"

"啊？"

"我并不是想得到原谅，只是……"

"什么？"

"我根本没有赎清自己的罪，如果什么都不做，我实在是太难受了。"

只要你接受了法律的惩罚，就算赎清了罪行，就算是两不相欠了——我虽然可以这么说，但还是犹豫了。若林应该也十分清楚那样的法律原则，正因为他很清楚却依旧无法释怀，才会来找我。

"不过反过来说，我也觉得本应如此。"

"本应如此？"

"正因为无法赎清会感到痛苦，才不应该去赎清。这才是真正的惩罚吧。绝不能做让自己好受的事，必须一直处在痛苦状态中。可是，我实在是受不了了。"

"你别怪我说话太直白，他这次的处境已经跟你一样了。他制造了车祸，夺走了一个人的性命。"我到底想表达什么，连我自己都不太清楚。

这不是说一句"大家彼此彼此"就能解决的事，只是眼前的若林也确实没有必要把所有责任都揽到自己身上。试图驾车撞人的栅冈佑真本身也有过错。我固然同情他，但还是不行，毕竟已经有一个人因他而死。

"如果十年前我没制造那场车祸……"若林的身体仿佛被重重锁链束缚住，僵硬得无法动弹。他的皮肤白得发青，仿佛渐渐变得透明。

我突然感觉坐在对面的若林离我越来越远。他的身体越来越小，好像变成了烛芯，又被自己点了一把火，渐渐燃烧殆尽。

"武藤先生，我这样活着，真的可以吗？"若林半带着哭腔对我说。

这是个彻头彻尾的蠢问题，答案无疑只有一个。"当然可以。"我回答道。

"可是……"若林继续道，"我害死了一个孩子，这次又连累另一个人失去了生命。不仅如此，还把那个开车孩子的人生搅得一团糟。"

"不是这样的。"

"如果没有我，如果没有我……"

这是必须说清的部分，并不是"如果没有他"，而应该是"如果他十年前开车没有走神"。仅仅是由于瞬间的失误和走神，他失去了自己的人生。虽然后悔也没有用，但如果真的要后悔，就应该后悔这一点，而不是自己不该生在人世。

"武藤先生，你的真实想法是什么？"由于若林面色如常，我看不太出来，但他应该已经喝醉了。藏在他心中的指挥官开始胡乱挥舞指挥棒，令他说话的节奏和轻重都渐渐变得杂乱无章。

"什么意思？"

"你在工作中会碰到各种罪犯吧？"

"也不能说是罪犯，都是犯案的少年。"

"嗯，犯案的少年。你有没有想过，要是那种人一开始就不存在该多好啊？夺走了他人最重要的东西，那种人真的只要反省就可以原谅吗？你会不会在心里想，对认真生活的人大打出手的家伙，难道不应该受到更重的惩罚？你会不会想，开车撞人的家伙应该也被车撞？那种人真的可以改过自新吗？如果我是被害人，绝对不会原谅他们。"

"我们小点声。"我手心向下，做了个下压的动作。我并不是打算草草敷衍对我拼命吐露心声的若林。正因为他拼尽全力向我投来了球，我才必须认认真真走上击球区去应对。"老实说啊……"

"嗯。"

"我也有很多想法。"

"嗯。"

"这么说可能会被误解。我接手未成年人案件并调查，这些都只是工作，是每天必须从事的业务。只是和理发师替人理发不会随便理一理、面包师做面包不会随便做一做一样，虽然这些都只是工作，但如果可能——"我一时找不到合适的说法。如果可能，我希望能为对方着想——这样说难免有点施舍的嫌疑，与我真正的心情存在出入——如果可能，我希望大家都能幸福，这样说又过于华而不实了。"我对犯案少年也会有各种想法。老实说，我有时确实会生气。见到那些害他人受了重伤却嬉皮笑脸逃避责任的年轻人，我会想，为什么这个人不是被害人？有时在调查过家庭环境后，我会对身为加害人的未成年人心生同情，但有时也会更加愤怒。一股脑地将所有犯错误的人都予以否定，这种见解我虽然可以理解，却实在难以苟同。"

实在不想同情那些故意干坏事的人啊——这是木更津安奈不知何时说过的一句话，可能是我们在看某个人因自己的歪理而夺人性命的新闻报道时说的。那个案子的凶手是成年人，与我们的工作没有直接关系，她可能是想借那个案子，把平时积郁在心中的想法像吐出肺泡里的烟雾般发泄出来。

世界上有故意干坏事的人，有犯罪的人，也有完全出于偶然、出于连自己都没有想到或不得已的缘由牵扯到案件中的人。这些无法一概而论，再进一步讲，连"是否故意"都难以区分。

啊……如果我也站在与那个人相同的立场，说不定会做出同样的事情——我有时会产生那种感觉，有时也会觉得，就算我跟那个人有着同样的境遇，也绝对不会干出那种事情来，感觉自己与对方宛如来自不同星球的两个人。

我很想把这种心情传达给若林，但这本来就只是一种模糊的想法，无法整理清楚并将其转化为言语，结果成了大学教授不得要领的糟糕授课，等我回过神来，若林已经快要睡着了。

我顿时有种无能为力的挫败感，肩膀不由自主地耷拉了下来。

"根本没必要把我叫出来。"阵内似乎心怀不满，但并没有生气。

我看着趴在桌子上呼呼大睡的若林，实在不知如何是好，只好打电话把阵内叫了过来。"因为主任跟他更熟，就这么让他回去我挺担心的。"

"我跟他根本不熟，别把我拉下水。"

我很想说"我才是被拉下水的那个吧"，但转念一想，好像有点不负责任。

阵内也不落座，直接抓起一根牙签，不停往嘴里塞着盘里剩下的毛豆，点着头说道："味道还不错。"随后他又说了一句"把他扛走"，摇晃起若林，在若林耳边说："喂，起来啊，快起来，睡着了会死的。"

过了一会儿，若林迷迷糊糊地抬起脸，半睁着眼说了句："啊，阵内先生，你怎么来了……"说完，又闭起了眼睛。

阵内咂了一下舌，苦笑着说："你这是什么鬼遗言啊。"紧接着对我说，"武藤，你去付账，现在只能把这小子扛走了。"

我应了一声站起来，随后问："要把他扛到哪里？"

22

永濑夫妇非常大方。访客突然多了两个人，即使其中之一的若林他们不仅从未见过，还半睡半醒，他们也没有露出丝毫不快。

桌上摆着几瓶啤酒、乌龙茶和一些零食，就像学生时代几个朋友在出租屋里碰头一样，是个随意的聚会现场，更确切地说是略显廉价……不，应该说是确实很廉价的聚会现场。

"原本只知道阵内要来。"永濑说。

"真是不好意思。"我慌忙道歉。

阵内毫不客气地说："我接到武藤的电话，就特意到店里去了一趟。"他还刻意强调道，"你知道吗？我本来都在去往永濑家的地铁上了，是专门下了地铁赶过去的。"

"是，我明白，真是太感谢了。多亏主任专门去了一趟，否则我都不知道该怎么办。"我老老实实地道了谢。事实上，如果只有我一个人，可能真不知道该拿若林怎么办才好。

"对吧。"

"今天人多更好。"优子好像已经在喝啤酒了，脸有点红，笑着说，"每年都是我们三个人，连话题都一模一样。"

"翻来覆去地回忆往昔，"永濑耸了耸肩，"实在有点腻了。"

"主任也会回忆往昔，这可有点意外。"我伸手去抓桌上的零食。明明肚子不饿，也会因为无事可做而吃零食，这应该是人类的缺点之一。

"是吗？"

"反正就是那种感觉。"虽然没有确凿的依据，但我感觉阵内很少提起过去。换个说法就是，他挺健忘或者说挺不负责任，又或者说挺不会整理自己的想法。"不过，主任也很少谈论未来的理想。"

"因为现在的我才是最真实的我。"

"他肯定连为了将来的存款都没有。"永濑笑着说。

"我当然有。"阵内突然开始较真了。

"也不结婚。"

"优子小姐，主任到底是怎么回事？"我决定借此机会彻底解开多年的疑惑。虽然并没有喝得很醉，却决心要借醉壮胆。"他没有女朋友吗？还有人说他在跟男人交往。"

"居然有那种谣言？"阵内一脸惊讶地看着我。

"嗯。"虽然那只是木更津安奈的说法，根本算不上谣言，但我决定撒个谎。

"我觉得跟男人还是跟女人都无所谓，但我不是那种性取向。"阵内语气平淡地说。

"武藤，你别看阵内这样，他其实很受欢迎哦。"优子说。

"对，阵内很抢手的。"

"吵死了。我啊——"阵内仿佛要挥刀斩断对话，"在跟工作谈恋爱。"

阵内竟会说出这种模式化的话，令我十分惊讶，同时又感到无奈：作为一个时刻目睹其工作态度的人，我实在难以想象他是如何大言不惭地说出这种话来的。"如果你在跟工作谈恋爱——"我忍不住说，"那实在是太不上心了。你应该更关心恋人才对。"

永濑和优子都笑了。

"回到刚才的话题。今天是一个特殊的日子，所以才会提起往事。"

"特殊的日子？"

"每年的今天，我们三个都会聚在一起。今天是回忆往事的日子。"

如果是每年的例行聚会，那应该算是某种纪念日，可我却从他们身上感到了某种寂寥。那可能不是什么快乐的往事，我这么想着，只能应了一句："这样啊。"我甚至想到，这种如同大学生聚会般的廉价场面，很可能也是回忆往昔的仪式。难道是朋友的忌日？我话到嘴边又咽了回去，因为我有种会说中的预感。

"放点音乐吧。"阵内说。

永濑站起来，用我上次看到的流畅动作操作起播放器来。

音响里流淌出如同飞鸟掠过海面的轻快旋律。已是深夜，那自由翱翔的鸟儿却给室内带来了明媚的阳光。萨克斯加入演奏后，飞驰感又上了一个台阶，仿佛每一个音符都痉挛着，在房间里永无止境地穿梭往来。

"这是上次放给我听的什么明格斯的演奏吗？"

"错了。"永濑说，"这是参与了那个现场演奏的钢琴家和萨克斯演奏家演奏的，明格斯不在里面。"

"对了，武藤，你知道吗？查尔斯·明格斯曾经跟罗兰·科克打过一架。"优子对我说，语气仿佛在谈论老友或亲戚的争执。

"音乐家都喜欢打架吗？"

"据说打架前，明格斯让人把百叶窗都合上，使屋子暗下来，还把自己的双眼蒙住了。"

"那是怎么回事？"

"可能因为罗兰·科克眼睛看不见，如果直接打起来显得自己太卑鄙吧。"永濑说，"所以他蒙住自己的双眼，让自己处在与对手相同的条件下。"

"那算是保证公平吗？"

"嗯，不过那是不是真的还很难说。"阵内一脸厌烦地说着，拿起薯片咀嚼起来，"不过，如果那是真的——"

"又怎么样？"

"明格斯肯定被痛扁了一顿。"阵内看起来竟有点高兴。

永濑也笑着点了点头。"因为在一片黑暗中，对我们是绝对有利的。"

若林似乎被一直没有停歇的萨克斯演奏唤醒了，缓缓坐起身来，睁开沉重的双眼，环视自己所在的地方。

"你总算起来啦。"阵内没好气地扔过去一句话，"没想到你竟然还会醒来。"

"啊，阵内先生。"身在陌生的房间里，若林似乎陷入了疑惑，甚至分不清自己现在到底是醒着还是在做梦。

"你终于醒了！"阵内突然使出非常夸张的演技，瞪大了双眼，张开双手战战兢兢地朝若林走过去，"真是太好了！"

"啊，怎么了？"

"五年了，你睡了整整五年了！"

我真不明白他为什么要劳心费神地说那种幼稚的谎。

"什么？五年？"

"是啊，医生都说你可能永远醒不过来了，但我还是拼命说服他们，说你一定会醒过来的。"

"主任，够了。"我出言阻止。并不单单是因为继续这个谎言毫无意义，同时也是考虑到若林现在的痛苦心情，感觉再这样下去，有可能会助长他"干脆就这样一睡不醒好了"的负面想法。"你刚才在店里睡着了，我一个人实在扛不动你。"

"于是我就去救你们于水火之中，后来就把你带到这儿来了。

屋里有点乱，你别介意。"

"这里是主任朋友的家。"我介绍了永濑夫妇。若林刚刚睡醒，醉意还没完全散去，只能迷迷糊糊地应答着："啊，嗯，真不好意思。"随后他缓慢地想要站起来，喃喃着："添麻烦了……我该走了……不好意思……"站起来之后，他又摇晃了几下。

"先别急着走。"优子担心地说。

"可是……"

"先吃根冰棍醒醒酒，然后再回去吧。"阵内说完打了个响指，"喂，永濑，冰棍！"他那态度仿佛在吩咐管家做事，不过就算那真的是在吩咐管家做事，语气也未免太没教养了。

"家里没有冰棍。"优子回答。

"竟然没有冰棍？"

"为什么要怪我们啊？"

"真是太抱歉了。"

"武藤，你没必要道歉吧。"

"没有就只能出去买了。附近那家超市应该还没关门。"

"谁去？"

"当然是想吃冰棍的人去。想吃冰棍的人举手。"阵内煞有介事地说完，看了我们一眼，然而原本就是他自己提出要吃，所以也只有他一个人举起了手。"真没办法，好了，若林，跟我一起来。"

"啊？"

"我说你啊，睡了整整五年才醒过来，难道不想看看外面的世界变成什么样了吗？"

他还想玩到什么时候！我正忙着无可奈何，若林却摇摇晃晃地想跟上阵内。我有点担心，于是说："我也去。"

"永濑也一起来。"

"武藤先生……"若林一边穿鞋一边回过头。他似乎清醒了一点。

他想说店里结账的事吗？我的猜测落空了。

"我睡了五年是骗人的吧？"若林害羞地问。

23

尽管想不通几根冰棍是否真的需要四个大男人拉帮结伙地去买，我们还是沿着夜幕下的人行道向超市走去。

"超市还开着吗？"我看了一眼时间。现在已经很晚，几乎算得上深夜了。

"应该差不多要关了。"永濑回答。他手持白色盲杖，在后面与阵内并肩走着。那家超市尽管会开到很晚，但似乎不是二十四小时营业。

若林走在我旁边。他好像总算发现了永濑有视觉障碍，总是担心地回头看。

"你再不看路，摔倒的就是你了。"阵内说。

人行道笔直地向前延伸，旁边的机动车道只有单向一车道。孤零零的路灯已经很旧，发出昏黄的光线，周围一片昏暗，道旁的绿植看起来就像一团团黑影。

有个中年男子慢悠悠地走在我们前面。他穿着西装，正在看手机。走夜路不专心很危险哦，我这么想着，一言不发地超过了他。后面的阵内和永濑也超过了那个男子。

大家一起走在昏暗的夜路上，就像一场小小的探险，让我感到紧张又刺激，同时还有一种独自在城中探索的优越感。只是好景不长，前方突然亮起车灯，仿佛在对我说，这里也有人哦。我看不出车型，只看到一辆黑色汽车从对向车道开了过去。

我之所以回过头，是因为那辆车刹车的声音有些刺耳。沉寂的夜色中突然响起了裂帛之声。

"怎么了？"阵内在后面问我。

"啊，没什么，那辆车……"我盯着刹车灯呆呆地说，"没什么。"

"阵内，"永濑停下脚步，转过脸，仿佛在认真倾听，"倒车的声音。"

汽车开始倒退。我本以为那车是开过了，但发现车速越来越快。红色的车灯如同发疯野兽的双眼向我们逼近，我感到全身僵住了。

"不会吧。"阵内也察觉了那辆汽车不太对劲，"喂，车子从后面冲过来了！"他一把拉住永濑的手。

下一个瞬间，那辆车就冲上了人行道。由于车道与人行道在高度上有差距，车身在路肩上弹跳了一下，倾斜过来，变了个角度后直直撞上附近的电线杆。

打破沉寂夜色的声音，短暂而尖厉。

相比茫然失措的我，若林反应非常快。"糟了！"他边说边向车子跑去。前车灯和刹车灯把周围照亮了。

"怎么了？"永濑问。

"车子冲过来撞上了电线杆，是酒驾吧。这可太糟糕了。"阵内回答。

"阵内先生！"若林喊了一声。刚才他还在不远处，如今已经不见了人影。我环视四周，车灯的光亮让周围的能见度高了不少。

若林站在离车子不远的人行道上。那里倒着一个男人。究竟是谁？我本以为是失控车辆的司机，走近一看发现自己猜错了。是刚才那个走路看手机的中年男子。他仰面躺着，一动不动。若林正双手重叠按压着他的胸口，给他做心肺复苏。"他没有呼吸了。"若林面色铁青，仿佛连自己都无法呼吸了。

"撞上了吗？"阵内的神情也严峻起来。

刚才发出了巨大的撞击声，此时周围却一片寂静。

"看起来不像被撞到的样子。"若林已经气喘吁吁，但没有停下手上的动作。

我发现了掉在一旁的手机，走过去将其拾起，不小心按到按键，屏幕显示出锁定状态的画面。那是一张像是他女儿的照片，一个小女孩举着写有"爸爸生日快乐"的牌子，对我露出笑容。

"阵内，救护车！"永濑可能是我们中间最冷静的了。

就在此时，驾驶席的车门打开了。我还没来得及为司机安然无恙松一口气，惊讶地发现那个身穿西装的司机气势汹汹地走了过来。

"你没事吧？"我问了一句。

那男人却凶神恶煞地说："什么没事！总算找到你了。"

"找到我？"

"你就是那时候的——"男人说道。我发现他手边闪过一道寒光，定睛一看，似乎是一把刀。只见他笔直地朝永濑走了过去，我顿时感到浑身一凉。

我想起前不久袭击小学生的男人，他当时也拿着一把刀。为什么我身边总发生这么可怕的事？"等等！你要做什么？"平日里总是当旁观者的我，这次却迅速行动起来。可能因为无法理解眼前的事态，身体自动做出了反应吧。

"喂，危险！"阵内暴喝一声。

但此时，我已经被刺中了。

24

腹部窜过一阵疼痛，如同身体被挖开般燥热，紧接着是剧痛，仿佛全身的皮肤都被撕裂了。刀子可能被拔出来了。我捂住侧腹，又抬起手看了一眼，上面多了一抹黏稠的黑色液体。我抬手遮住眼睛。周围很黑，汽车的引擎已经熄灭，但前车灯和车厢灯依旧亮着，那亮光让我察觉到手上的液体原来是鲜红的血液。

"武藤，你没事吧？""武藤先生！"阵内和若林的声音同时传来。

"我没事。"回答完，我感到了似乎是贫血导致的眩晕，马上改了口，"好像……有点事。"紧接着，我又感到腰间仿佛被撕裂成碎片，当即蹲了下来。

就连阵内也没能说出"真麻烦"。他好像想抓住握刀的男人，一边靠近一边伸出手。男人猛挥利刃。危险！阵内灵巧地闪开了。

"喂，若林，叫救护车！"阵内一边与男人对峙，一边做出指示。他没有了平时那种游刃有余的态度，声音里带着紧张的震颤。

"正在叫！"

比起疼痛，全身的血液不断流失，渐渐萎蔫的意识更让我感到恐惧。我感觉自己仿佛正在从脚尖开始渐渐消失。我转过视线，看到若林在给倒在地上的男人做心肺复苏，肩膀夹着手机。

来不及吧，我想。至于到底什么来不及，我却无力思考。

"你小子竟敢耍我！那以后我就没遇到过好事。"持刀的男人说道。

"别找碴儿了，你弄错人了吧！"阵内的声音比平时要紧张不少，害得我也紧张起来。"你这是因为事故脑子混乱了。冷静点。先把刀放下，太危险了！你在吸毒吗？"

"阵内，他可能在生我的气。"是永濑在说话。我能看到他脸上的墨镜，却看不清他的表情。是因为视线开始模糊了，还是周围实在太暗了呢？

"生你的气？为什么？"

"很久以前，在电车里。"永濑说。

"没错，就是那次！"男人发出高亢的声音，似乎在进行复仇前的演讲，极其兴奋，"你让我出丑了，从那以后我就没遇到过好事！"

"我不明白你们之间到底发生过什么，但这怎么看都太过分了吧！"阵内吵嚷着，"武藤，你没事吧？"

"我已经叫救护车了！"若林高声道。

"听到了吗？快放弃吧，你就要被逮捕了，剩下的只是时间问题。"

"你给我滚开！我只想给那个目中无人的瞎子来一刀！"

"我看是你瞎了吧！仔细瞧瞧，你到底干了些什么！"阵内怒斥道。

我像伸着舌头的狗一样艰难地呼吸着，身上全是黏稠的汗水。啊，我得给妻子打个电话。

我看到若林扑了上去，从背后反剪住男人的双臂。"要是死人就不好了。"若林焦急地说。

男人猛地挣扎起来，用难以置信的力气把若林震落在地。我看见若林好像撞到了头，忍不住喊了一声。不，我是想喊一声，却使不上劲来。你振作点！我呵斥自己，却感到精力如同烟雾般从四肢百骸往外飘散。

我想抓住什么东西撑起身体，却只抓到了一把空气。周围好像突然变窄了，原来是我的眼皮快要垂下来了。我心里一惊，努力睁开双眼。通过眼睑间的缝隙，我看到若林被踢了一脚。我再次瞪大了眼睛。

阵内在做什么？我脑中闪过这个想法，眼前却陷入了黑暗。难道出血量已经超过临界点，让我的五感开始麻痹了吗？我会不会就这样没命了？我不能想这么恐怖的事情。可越是这样提醒自己，脑子里就越只剩下那个想法。我不想死。为了摆脱恐惧，我开始想与死亡相反的东西，想妻子、儿子和女儿。如果我现在死了，家人该怎么办？

必须让血止住，快停下，快停下来！

随后我才发现，我并没有闭起眼睛，只是周围变黑了。汽车撞上去时，路灯已经熄灭了，周围只剩下车灯的照明。在车灯熄灭后，周围就陷入了黑暗。现在，四周仿佛被拉上了黑幕，什么都看不见了。

"你们别乱动！"男人高喊，但声音里已经透出笼罩在黑暗中的不安。

大家都没事吧？我很想问，但发不出任何声音。

"放弃抵抗吧。"我听到阵内说。

"烦死了，给我闭嘴！那家伙到底在哪儿？明明是个瞎子！"我隐约看到黑影在挪动，好像是男人正在定睛寻觅。可能想制造光亮，他掏出了手机。

"看不见的是你和我们几个。"

"你说什么？"

"你知道现在看得最清楚的人是谁吗？"阵内的话音刚在夜幕中落下，男人就闷哼一声。伴随着惨叫声，我看到一个黑影被按倒在地。那是永濑吗？我正想着，突然感到全身一轻，顿时惊恐地不断重复着家人的名字，眼睁睁地俯视着自己的意识在冰冷的地面溶解。

25

"武藤先生，你又立大功了。上次那件事还没过多久，这报纸上又有你的名字了。"

一直在医院病床上躺着，我十分痛苦，于是稍微撑起上半身，与小山田俊对视。小山田俊坐在椅子上，一边东张西望一边说："我还没来过病房，有点坐不住。"

"这算什么立功，我什么都没做。"没必要逞强。当时我确实只是被捅了一刀后，就倒下了。这次跟上次在埼玉县不一样，我成了不折不扣的被害人。"其他人的功劳比我大多了。"

当时晕过去的男子被送到了别家医院，现在已经醒过来了，听说多亏了若林给他做心肺复苏。若林也接受了检查，并没受什么重伤。最终，只有我这个最不活跃分子需要住院。

"阵内先生说了，你很努力。"

阵内曾亲口对我说："我不过是把车灯熄掉而已。跟我比起来，武藤你已经很努力了。"当然也没忘了加上，"不过因为你住院，害得我不得不接手多出来的工作，真麻烦。"我负责的案件全都由木更津安奈和阵内两人接手了，关于这点我确实感到很愧疚。

"那个人是怀恨在心才下手的吗？"小山田俊用不是特别关心的语气问道。他剥了个橘子，将一瓣塞进嘴里。那是他买来慰问我的水果，估计是他自己想吃吧。一袋橘子看起来虽然只是很简单的慰问品，但考虑到易剥易食、分量也不小，还真符合他那务实的性格。

"嗯，算是吧。"

那晚突然倒车朝我们冲过来的男人，就是之前在电车上对永濑指手画脚的那个人。当时他听到永濑说学过合气道，就被吓退了，可能因为自己的懦弱而感到万分不愉快，自尊心受到了打击，于是在心中埋下了愤怒的种子。那颗种子渐渐发出嫩芽，深深扎根，慢慢长大。虽然多数情况下，憎恨和愤怒的枝丫都会枯死，但如果没有枯死，就会长成参天大树。那个人认为自己在车厢里丢了脸，不再想见到任何乘客，便开始开车上班。然而，开车上班有不少坏处，不仅公司不给他全额报销油钱，还经常会堵车，又不能喝酒。虽然在我们看来，这全都因他而起，那只是他自作自受，但他心中的愤懑却越积越多。

为什么我要遭这种罪？他不断寻找愤懑的原因，最终，这个问题的答案就像在阿弥陀签①中找到了终点一般，落在了"当时那个瞎子"上。于是他想，下次见到一定不放过他，没错，就是那个人害的。

不过这是阵内对我说的，其中多少会有些添油加醋。深夜的路上，他发现了挂着盲杖的永濑，于是猛踩刹车，换上倒车挡直冲过来。那无论如何都不像是正常人会做出的行为，想必他的精神已经超出了崩溃的临界点。

"哦，不是还有个被吓晕过去的人嘛。"

"一个当时正好走在附近的上班族。"可能因为本来心脏就不好，他被突然冲过来的车吓了一跳，晕倒在地。

"好像挺惨的啊，大家都被卷进去了。"

"而且周围又那么黑，根本不清楚发生了什么。"

"武藤先生，你住院的时候就没人来看你吗？"不知道他到底对我和这件事有多大兴趣，话题突然发散开了。

到了傍晚，妻子就会把孩子带过来，但毕竟我腹部的伤情也稳定下来了，这几天他们一直时来时不来。虽然伤口挺深，但应该也差不多能出院了。听完我的话，小山田俊说"那我今天其实不用专门跑来看你嘛"，说完又往嘴里塞了一瓣橘子。

"不过你专门来看我，还是让我特别感动。"见到这个几乎不走出家门的孩子不惜换乘电车也要过来，我确实特别高兴。"发生

---

①又称"鬼脚图"，在纸上画数条竖线，再画与之相交的横线，从起点沿着线走向终点，多用来当作抽签或决策。

什么事了吗？"高兴之余，我不禁有点怀疑。

小山田俊并没有马上回答，一脸满足地吃着橘子。我以为他吃完一瓣便会开口，谁知他又塞了一瓣，吃完又塞，把整个橘子都吃完了。见他叹了口气，我以为他总算要开口了，结果他竟然又拿起一个橘子剥了起来。我实在忍不住，又问了一遍："发生什么事了吗？"

"呃……武藤先生你不是负责了一个未成年人案件嘛，车祸肇事那个。"

他是说棚冈佑真吧。虽然棚冈佑真的案子一周后就要审判了，但我毕竟躺在医院，像安乐椅侦探^①那样当个积极的"住院调查官"实在有点不现实，便把案子交接给了木更津安奈。我审判当天或许能出院，但在此之前几乎无法工作。木更津安奈自己也负责了不少案子，但她到医院来看我时，还是说了句"这也没办法"，听我把资料说明了一遍，然后又说："反正我们要互相帮助嘛，下次我要是被谁用刀捅了，就换你来。"

"当然，到时候我会替你跟进的。"

"呃，好。"木更津安奈小声说完，又接了一句，"不可能的吧。"

"啊？"

"哪有这么多人会被刀捅。"她面无表情，留下这句话便离开了。我当时真应该反驳说，就算被刀捅的可能性很低，也有可能住院

---

①侦探小说所塑造的一种侦探，与一般侦探不同的是，安乐椅侦探只须舒适地坐着，凭借线索就能找到真凶。

或受伤啊。

"武藤先生，那个人会怎么样？"小山田俊问道。

"我不能告诉你。"

原则上，这种案子很有可能会被移送回检察官，但其他可能性也并非为零。

棚冈佑真的情况非常复杂，他虽是无证驾驶，还有明确的故意撞人意愿，其动机却值得同情。至少我是这么认为的。尽管报仇是不可原谅的事情，但我实在产生不了"同为人类，简直难以置信"的极端情感。只是即便如此，害死一个人依旧是重罪。

我始终不知道，对于棚冈佑真来说，究竟什么才是最好的处分。不，根本不存在最好的处分。

如果处分过轻，会让他的人生更加艰难，他必须做好被非难、被谴责的觉悟，到时候肯定会有人说"那家伙被赦免了""居然只判了保护观察""太狡猾了""根本没在反省"。

我们虽然不会以此为理由刻意重罚，但让本人得到"自己已经好好赎罪了"的真实感觉却是非常重要的。为了让他们能够继续前进，这么做显然更好。

加害人都是自作自受，人生艰难是理所当然的——我仿佛能听到这样的声音。或许是从"社会"这一模糊的概念中发出的虚拟之声，或许是我曾经听到过的话语，抑或是我自己的声音。

如果说他自作自受，也确实没错。

但是——

我虽然有这样的心情，然而最终做出决定的是法官。

不管结果如何，我感觉棚冈佑真面对的都是一条痛苦的道路。我慌忙斥责自己"想那些有什么用"，可还是无法做出乐观的思考。

"其实我得知了一件挺有意思的事，很想告诉武藤先生。"小山田俊说。

"挺有意思的事？又是网上的犯罪预告？我现在这个样子，就算得到危险人物的信息也阻止不了了。"我半开玩笑半认真地说着，指了指身上的病号服。我感觉那个在埼玉县按住凶手的自己已经成了过去。

"对了，是谁按住了拿刀捅你的那个人？阵内先生吗？"

"不。"我当时很快就丧失了意识，所以并不太清楚自己的记忆究竟有多少是真实的。我记得是永濑在黑暗中拄着盲杖轻巧地行动起来，可能是靠男人的声音把握了方位，直直地朝男人走了过去。他从身后一把抓住男人的领口，身子一转，就把对方掀了过去。

小山田俊一脸惊讶地看着我："你是做梦看到的吧？"

"我感觉是挺像做梦的。"

"好吧，先不说这个，其实我调查了一个人。"

"什么人？"

"呃……你看看这个。"小山田俊从口袋里掏出一沓折成四折的纸。

我想起此前在小山田俊房间里看到过他打印出来的犯罪预告。

这沓纸上印着网购页面的购买记录，罗列着一堆商品。

"备选慰问品？"我问了一句，但很快发现根本不是。那上面都是绳索、捆绑带及各种工具，还有标题偏激的书和DVD。"真吓人，这是谁买的？"

"后面是那个人在网上问答页面的留言。"

我往后翻了几张，那上面罗列着许多问题，内容也十分偏激，全都是与犯罪相关的话题，诡异而可怕。例如很出名的杀人魔的近况，还有关于刑法和判例的问题，征求了长时间拘禁一个人的方法意见。"这……有点可怕啊。"

"这些全都是同一个人的信息。这个人在网上买工具，又在问答网站上问了那些问题。"

"你从哪儿找到的？"

小山田俊耸耸肩，并没有回答，而是用异常冷静的口吻说："真可怕啊。可是要说世上究竟有多少这样的人，我估计不止一两个。"

"在网上发表这种东西，又从网上购买这些吓人的工具，那也不一定就是犯罪者啊。"

"说得没错。"小山田俊点点头，"就像认为爱看恐怖电影的人会干很残忍的事一样，大家有很严重的偏见。"

"是啊。"我如同捧着珍贵文献一般，小心翼翼地把那沓纸还了回去。

"可直觉告诉我，这个人非常糟糕，非常危险。"

"他是什么人啊？"

"他对自己的妻子和女儿动粗，把她们打跑了，然后自己一个人郁闷度日。"

由于小山田俊说得实在过于流畅，我不禁皱起眉："这是你的想象？"

"可能是事实。"

"你怎么连那些都知道？"

"是那人自己问的。他问如果遭妻子控诉家暴该如何应对，如果不支付抚养费会怎样，等等。这种人怎么什么都得靠网络来解决啊。"

我想起刺伤我的男人。难以承受的压力一旦在心中累积，往往会找不到发泄的出口。如果这些压力是被本人的扭曲心理制造出来的，这个人就会想对弱者发泄那种郁闷的心情。我想起蓝心乐团①那首歌的歌词："那些弱者，在黄昏里，痛打比自己更弱的人。那种光景充斥在社会的各个角落。"

"这个人真的会采取行动吗？"采取可怕且无法挽回的行动。

我很想说"怎么可能啊"。我一点都不愿意想象如此可怕的事情。

我该怎么办？我能阻止这个人犯下可怕的罪行吗？

我想，小山田俊真是为了托我防患于未然才来的吗？随后又想，真的，放过我吧。

---

① The Blue Hearts，日本朋克摇滚乐队，成立于 1985 年，1995 年解散。下文的歌词来自该乐队的歌曲 Train-Train。

然而，小山田俊的回答却是："我觉得他不会做。这个人什么都不会做。"

"啊？"

"他应该不会犯罪。"

那小山田俊到底为什么提起这件事？我忍不住疑惑起来。

"准确来讲，是他没办法犯罪。"

"没办法？难道你……"要亲自阻止吗？

小山田俊用手指戳破橘子皮，若无其事地说："因为他可能已经死了。"

我很想充耳不闻，但那实在不可能听漏。"怎么回事？为什么？"

你为什么会知道？他为什么死了？为什么要对我说这些？

"武藤先生，这件事你也知道。"

"我不知道。"

"那场无证驾驶导致的车祸。"

小山田俊的话在我脑中激起了层层波澜——不仅仅是波澜这么简单。那冲击过于巨大，水花激烈飞溅起来。

车祸——难道是棚冈佑真引发的那场车祸？

"那个危险人物就这么被撞死了。"

26

当时那个男性被害人，就是在网络上留下了这些信息的人吗？我不知究竟该确认什么，只能像条鲤鱼一样，嘴巴一张一合。"你是说，你在网上注意到的危险人物，是那场车祸的被害人？"

"武藤先生，你错得太离谱了。"小山田俊说，"顺序反了。我是先注意到了车祸的被害人。"

"为什么你会注意到？"

"就是想知道被撞的人是什么样的人而已。听武藤先生说，他的家属好像很明事理，应该说，我觉得家属好像不怎么生气，就觉得有点奇怪。"

"我可不记得说过家属很明事理。"

事实上，我对被害人家属并没有什么特别的感觉。

"可我就是觉得有点奇怪，而且只要搜索一下那场车祸的关键词，很快就能知道被害人的姓名。"

姓名确实能查到，但从一个姓名一下子跳到网购的订单记录就有点莫名其妙了。我很想问"你究竟是怎么找到的"，却害怕知道答案。

小山田俊说道："放心吧，我没干什么特别复杂的事。"

"不，我关心的不是复杂不复杂，而是有没有违法。"

"因为被害人当时正在晨跑，那自然就能想到，他住的地方离事故现场应该不远，于是我就去附近走了走。我走进各种店铺里说'过去我曾受过那个人的关照''我在新闻上看到消息，吓了一跳'。"

"人家会怀疑你吧？"

"像我这样的十几岁小孩，只要足够有礼貌，大人就会在一定程度上放松警惕。臭手多打几枪也可能中，果然其中一个人就把那个人的住址告诉我了，我就去了被害人的公寓。"

"然后哄骗门卫？"

小山田俊似乎已经厌倦了解释，只用一个"总之"糊弄了过去。"我借用了他放在房间里的电脑，打开一看，很容易就找到了这些网络的使用信息。"

他可能是对门卫煞有介事地撒了个谎，让他带自己进了房间吧。"电脑上不是有开机密码吗？"

"我跟你说，他电脑上没有密码，BIOS 和 OS①都没有。"

---

① BIOS，基本输入输出系统；OS，操作系统。

我知道他应该是在说谎，而且如果他为了查看网购历史记录而登录了账号，还要再加一重非法登录的罪名。"拜托，别再这样为难我了。为什么你要费这么大劲去查那些东西？"

"到底为什么呢？其实我也不太明白。这次调查的结果想听吗？"

"啊，嗯。"

"多亏了那个人被撞死，最终防患于未然了，因为那个人绝对会干点什么事情出来的。"小山田俊晃了晃手上那沓纸。

原来如此——话到了嘴边又被我咽了回去。我明白他想说什么，但还是不愿意接受。

"所以，"小山田俊继续道，"这就相当于那个肇事的人做了件好事。"

"不，那……"我感到心中有一团团乌云不断起伏旋转，膨胀又收缩，收缩又膨胀，"不对。两者没有关系。"

"但从结果来看……"

"我不是不相信你，那个人是否真的会犯罪，现在已经无法得出结论了。或许他不犯罪的可能性也很高，在网上留下犯罪预告的人，绝大部分都不会真正执行。这一点上你才是专家。"

"可是在我这个专家看来，那个人是真心的，应该用过去时态，那个人曾经是真心的，他真的很危险。"

就算是这样，棚冈佑真的罪行就会有什么改变了吗？

"上次在我的请求下，武藤先生你们不是去阻止了袭击小学生的暴徒吗？假设当时你们一不小心把那个暴徒杀死了，比如他的头撞到水泥地之类的，跟这又有什么不同呢？那个肇事者提前阻止了一场危险的犯罪，只是对方很不凑巧地死了而已。"

"我们当时知道那个人就是暴徒，但在这个案子里，那个肇事者根本不知道对方是谁，仅仅是引发了事故。"

"那如果我事先告诉他'那个慢跑的人在不久的将来会制造很可怕的案件'呢？"

我盯着小山田俊。他似乎并不是在赌气。"就算那样，也不能开车撞人。"

"真的吗？"小山田俊的问题与我内心的声音重叠了。

真的吗？真的不能开车撞想干坏事的人吗？

"嗯，不能。"我强调道。

"真的不行吗？其实，超人和蝙蝠侠也在做同样的事。"

"那是虚构的故事。"

"美国空袭也夺走了平民的性命。"

"那也不一样。"

"虚构故事不行，现实也不行。这不是让人左右为难嘛。"小山田俊夸张地叹息道。

"我也不知道究竟什么才是对的，这一切都让人想不通。我不认为你是错的，只是那些都跟这个毫无关系。那场车祸就是那场车祸，无从比较。"

"至少要告诉他啊。告诉他，他造成的车祸无意中让社会变得更好了，他的错误立功了。"

"我不能这样说。"被害人是否真的会犯罪，只是小山田俊的猜测。就算他真的猜对了，我也不能断言坏人就该死。我内心很想赞同他的观点，这点我承认。我确实认为，干坏事的人就该得到报应，只是我也认为那种话不该毫无顾忌地说出来。

"如果你告诉他，说不定能让他好受些。"

"谁知道呢。"棚冈佑真真的会松一口气，说"那我开车把人撞死，结果还是好的嘛"，然后皆大欢喜吗？"这个问题实在太难回答了。"

"我倒是觉得这很简单明了。阵内先生也责备我说：'别跟我说那种麻烦事。'"

"你告诉主任了？"

"他没怎么理我。"

"他说什么了？"

"他说'真麻烦，你去告诉武藤，让他也头疼一下'。"小山田俊眯起眼睛，"那人可真奇怪。后来他就开始说我的事。"

"说你的事？"

"我求求你了，能不能老实待着。"阵内用半带恳求的命令语气对小山田俊说，"以不正当手段在网上获取个人信息是违法行为。你现在还处在试验观察期间，做那种事会出问题的。我不能对你睁一只眼闭一只眼。"随后阵内又说，"听好了，我觉得你是个好人。"

"我还是头一次听别人说我是个好人。"小山田俊说到这里，耸了耸肩。

阵内后来还说："你很聪明，又有技术，虽然违反了法律，但不是那种干坏事的人。"

违法了还不算干坏事？

"遵纪守法的人就都是好人吗？我觉得就这么把你放着不管也没问题，武藤可能也是一样的想法。就算把你送进少年院，让你接受心理疏导，你也不会改变的。你这么聪明，被送进去性格只会扭曲，不可能好起来。最好的办法就是放着不管。不过，我和武藤都不能对你的违法行为视而不见，因为那是我们的工作。要是知道你严重违反了法律，我们也会被迁怒的。到时候我们会被世人责怪：'作为调查官，竟做出了错误的判断。''那家伙应该被送进少年院，当初对他的处罚过轻了，你们这些废物！''干脆放弃演奏吧！'无论是谁都不会喜欢被责怪吧？所以你至少要在表面上装成一个乖孩子，这种话实在很难说出口，但我还是拜托你，乖乖的，好吗？"

"武藤先生，那个人说话实在太直白了。"

"确实很让人头疼。"直来直去是轻松的，所有人都会觉得那样更好，但为了维持周围秩序的稳定，为了避免破坏人际关系，大家都会忍耐，隐瞒心声，或使用委婉的说辞，在必要情况下还会口是心非，给自己留下压力。

有时候我想说，阵内一人免除那种辛苦难道不算作弊？

听了我的话，小山田俊难以置信地说："我并不觉得阵内先生是在作弊啊。"随后又说，"所以，武藤先生，你可以严格按照规定来决定对我的处分。"

"啊？"

"保证武藤先生你不会被责怪。"

犯案少年这么说，让我有种奇怪的感觉。我回答"那是当然"，其实心里还是不明白到底什么才是正确的处分。

就像我刚才所说，其实，这一切都让人想不通。

小山田俊站起来说："我该回去了。"他指着拎过来的塑料袋，"武藤先生，这些橘子很好吃。"

"谢谢，真是麻烦你了。代我向你母亲问好。"我说。

"对了，阵内先生不是会时不时跑到我家来嘛。"

"给你们添麻烦了。"

"有次我问他，家庭法院调查官真的要这么关心一个孩子吗？"

"然后呢？"

阵内回答："怎么可能。我们没那么闲，而且我们的工作也不是家访。"

"那你为什么要到我家来？难道是在担心我？"

"你根本不需要担心。我更担心武藤。"

"那你为什么来我家啊？好像朋友来玩似的。"

阵内皱着脸，仔细端详起小山田俊。"喂，你是认真的吗？我当然是作为朋友来你家玩的啊。"

"他的笑话实在太无聊了，我只好对他苦笑。不过他当时倒是一脸认真。"

"你以前究竟把我当成什么了？"阵内问。

"当然是把他当成家庭法院的调查官啊。"小山田俊说话时，脸上带着平时那副小看大人的表情，但过了一会儿，他又像在忍耐什么一样抿起了嘴。"那个人到底怎么回事啊。"他的声音里带着难以察觉的震颤。

小山田俊离开不久，妻子牵着孩子们的手来到我床边。只听她忽然自言自语："好香的橘子味。"

27

棚冈佑真可能听说了我住院的消息，当他在调查室里看到我的绷带时，低声说了一句："真的受伤了吗？"我们这次被卷入的案件在媒体引起的波澜比上次的埼玉县暴徒骚动更大，还出了大篇幅的新闻报道，棚冈佑真应该不会觉得那是假的吧。"被刀捅了啊？"他皱起脸，仿佛自己被捅了一样。

"吓死我了。虽然很想逞强，但我真的很害怕。啊，不对，我当时连感觉害怕的余地都没有。"

"啊。"棚冈佑真应了一声。我感觉他不像以前那般僵硬了。"那个女调查官今天没来吗？"

"我今天只是顺路过来看看。"

"那个人怎么一直在生气？"

他说的应该是木更津安奈。"不，她就是那样的人而已。也不知道该说她严格还是认真，她并不是针对你。"

"是吗……"

两天后就要审判了，但棚冈佑真好像并不特别紧张。我提到此事，他说了一句"反正只能这样了"，随后挪开了目光。虽然还算不上自暴自弃，但他似乎已经不在乎了。

在车祸中夺走他人的性命究竟有多么可怕，棚冈佑真十分明白，因为他在小学时就承受过如同身体被贯穿一般的打击。可能正因如此，他才会害怕直面那种罪行。

什么处分都无所谓——棚冈佑真的眼神告诉我。

"武藤先生，我到底该怎么办？"我不禁想起喝醉酒趴在桌上的若林。十年后，棚冈佑真是否也会用同样的话来诉说同样的苦恼？

既然如此，干脆把小山田俊告诉我的消息——"被害人很有可能会行凶"的事情告诉他不就好了？我心中确实产生了这样的想法，或许那样能多少减轻他的罪恶感。

不，不对。那是骗人的。我只是想让自己好受一点罢了。

首先我不清楚那是不是真的，而且还会让棚冈佑真徒增无谓的烦恼。作为一种安慰，那句话的副作用实在太大了，我不能依赖那种东西。

"不过也好。我正想问你那件事。"棚冈佑真说。他的说法含糊而莽撞，还透着几分焦躁。

"什么事？"

"慰问品。"

"啊？"

"上次那个调查官带来给我的。"

"木更津吗？抱歉，我刚刚出院，不太了解情况。"

"我觉得可能是阵内先生准备的。"

听上去像是阵内让木更津安奈带去的。那肯定是想故意给棚冈佑真添乱吧。

棚冈佑真说出"那本书"几个字时，我马上接了一句"对不起"，因为我联想到的是阵内自制的公共厕所涂鸦留言小册子、在真凶的名字底下划线的侦探小说之类的书。阵内以前给别的犯案少年塞过那种东西。

"那到底是……"棚冈佑真的语气变得有些僵硬，"怎么来的？"

"是主任随手……"是他随手做的吧。

"随手？"

"不，我认为他的本意还是很认真的。"

"我吓了一大跳。"

"吓一跳？"我总算想起来要确认一下，"他送给你的到底是什么书？"

棚冈佑真的表情更加僵硬了。他双眼略微充血，让我一开始还以为他在生气，但又觉得那只是在拼命抑制感情。

"漫画。"

"漫画？"

"接下来的剧情，直到结局。有两本。"

我一时间无法理解。接下来的剧情到底是什么？就在我差点问出是什么漫画时，突然醒悟过来。那不就是过去他们几个人尤其是荣太郎最沉迷的漫画吗？"那不是画到一半腰斩了嘛。接下来的剧情？难道后来又出版了？"

"不是。"

"不是？"

"应该没有出版。"棚冈佑真说完便沉默了。可能是为了平复心情，他缓缓吸了一口气，又安静地吐出。"封面是空白的，看起来很像手工制作的，但里面却像真的一样。"

"怎么回事？"如果可能，我真想看看实物，但他可能无法带到调查室来。我又问了一遍漫画书的大小和内容。"那该不会是主任画的吧？"

武藤先生也不知道怎么回事吗？棚冈佑真用那样的眼神看着我。"那是真的。"

"真的？难道是作者画的？"

"是阵内先生拜托他画的。"

"主任拜托作者？"我拼命整理着脑中的信息，可无论如何整理，总觉得还是有一堆杂物散落在地上。拜托漫画家画漫画真的那么简单吗？什么时候？怎么拜托的？为什么？这些疑问同时从我脑中涌了出来。

"漫画里夹了一张便笺。"棚冈佑真说。

"写了什么？"

"写着'这不是做到了嘛，太轻松了'。"

那确实像阵内会写的留言。"这不是做到了嘛——这话是什么意思？"

"我一开始也不明白。后来——"

"怎么了？"

"十年前，我跟守一起闯进法院，见到那个人的时候。"

"啊，嗯。"是说他们两个小学生在法院前台围住阵内的事吧。

"当时那个人说：'我们不是按照你们的愿望来干活的'，又说'就没什么别的了吗'。"

"别的？"

"他要我们说点更现实的愿望。"

别总想着给肇事者判死刑这种困难的事，难道没有别的愿望了吗？

"然后呢？"

"我们就说，让我们看到漫画的结局。因为当时还是小孩，只能想出那种愿望。"

我能推测到阵内当时的回答。"那太容易了，只要让作者把剩下的故事画出来就好了，我去拜托他。"

两个小学生大声说道："绝对不可能！你做不到的，就是嘴上说说而已！"

"他一口就答应下来了吗？"说到这里，我想起上回跟棚冈佑真面谈时，棚冈佑真逼问跟我同去的阵内："你忘了？果然在撒谎。"

原来那是指十年前的约定。

"你还记得那件事啊？"

"早就忘了。"

"啊？"

"上次在这里见到那个人才想起来。"

"主任也在那时候想起这件事，就去找了漫画家，是吗？真没想到那个漫画家能这么快画出来。"

"不。"棚冈佑真露出了放松的表情，"可能不是。"

"不是？"

"那个人好像一直都记得。"

"一直？主任吗？一直是指从什么时候开始？"

"从他跟我们约定的时候开始。"棚冈佑真一脸认真，却避开了我的目光，一直盯着地面。

"啊，那不就是——"

"十年前。"

"我真没想到主任会把那种事记上十年。"我能轻易想象出阵内明明已经忘记却坚持一直记得的样子。

棚冈佑真吐出一口气。"昨天晚上我收到了一封信。"

"主任写的？"

"不，是作者，漫画作者。"

"怎么回事？"我感觉自己的眉头已经拧成了一团。这到底是怎么回事？"漫画家给你写信？"

棚冈佑真把口袋里的信纸掏出来递我。那封信是用钢笔写的，第一句是"致几乎是我的唯一读者棚冈同学"，书信字迹工整，带着成熟大人的感觉。

对方在信上写道，他就是那部漫画的作者，如今已经不再为杂志画漫画，以别的工作为生，还提到他实在经受不住那个"姓阵内的男人"百般纠缠，于是决定完成那部漫画的经过。

阵内十年前突然出现，命令漫画家把结局画出来，完成漫画。他是怎么知道漫画家在哪儿的？好像是当时一本周刊的采访提到了漫画家常去的定食屋，阵内得知地址后便找了过去。

"一个在车祸中丧生的小学生很期待那部漫画的完结，我不小心跟他的朋友做了约定，所以拜托了。"阵内没有浪费一点口水，开门见山地提出了要求。

当然，漫画家拒绝了。当时还有别的连载项目，并不想考虑过去的作品，他在信上说道。信里还说，他不可能会接受那种委托。

想必确实如此。

漫画家告诉阵内："那部漫画已经完结了，没有后续。"

阵内却不依不饶："那根本就是烂尾。你肯定还有想画的内容。"

阵内突如其来的要求无疑既怪异又讨厌。但是，阵内似乎还是纠缠不休。应该说，他一直都没放下这件事。虽然不至于每天找上门，但阵内每隔几个月就会跑过去说"给我画漫画"。原以为他会定期出现，结果却杳无音信很长一段时间。正当松一口气的时候，阵内又会冒出来说："老师，你很闲吧。"

"大概两年前，我渐渐有了更多空余时间，开始想着哪怕为了自己，也应该完成那部漫画。"信中这样写道。

阵内没头没脑的催稿在第八年终于结出了果实。然后，棚冈佑真就出事了。

阵内好像对漫画家抱怨过："都怪老师你一直不愿意画，现在唯一的粉丝都进了鉴别所。"甚至还催促道，等那孩子进了少年院，就很难送漫画进去了，所以得赶快完成。

读到这里，我突然想起阵内跟一个中年男子碰面的事情。木更津安奈和优子看到的阵内口中的"房东"，该不会就是那个漫画家吧？

他之所以一脸快要哭出来的表情，可能是因为阵内批评了他的作品吧。我忍不住联想到阵内逼人家画出来，又毫不留情地说出"应该更有意思才对"那种感想的光景。

从文字来看，这封信似乎是漫画家瞒着阵内寄出的。"引发车祸的孩子"一事，应该是从阵内那里听来的，而剩下的信息，肯定是从网上搜索到的，毕竟，网络对《少年法》和保密义务是完全视若无睹的。

我把信还给棚冈佑真，长舒了一口气，不知该说什么才好。

"主任……"过了一会儿我才说，"那个人，其实很不服输。"

"嗯。"

"肯定是因为倔强吧。那个人虽然很怕麻烦，但也倔劲十足。他打心底里讨厌别人说'反正没用的，你看，果然没用'。"

"嗯。"

"所以，他才决心一定要让你看到漫画。"

棚冈佑真皱起了眉。他看起来不像在生气，更像在压抑内心的激动。他飞快地眨起了眼睛，目光落到地面上。我听到吞咽的声音。"那个人真是个笨蛋。"他的声音在颤抖。

"嗯。"我回答道。这点我无法否认。

28

我实在想不到多么好听的话，只能保持着祈祷的姿势，睁开眼时，发现站在旁边的阵内仍在合掌。

我们站在十字路口一角的人行道边缘。被掀起后倒在地上的护栏已经恢复了原状，悼念被害人的鲜花虽然变少了，却依旧有，让我很欣慰。我不禁想，如果这些鲜花消失，死去的人也会湮灭在人们的记忆中。

"主任，那件事后来怎么样了？"我问。

"什么事？"

"你听小山田俊说了吧？"

阵内看了我一眼。"你说那个啊，那件麻烦事。"

"嗯。"

"这个嘛……"阵内想了想，马上又说，"没什么关系吧。"

他是指小山田俊的话并非真实，还是指就算那是真的也毫无关系呢？"是啊，"我回应道，"我也觉得没什么关系。"

如果被害人还活着会怎么样？他真的会做那种危险的事吗？对此，我们已经无从知晓了。

更何况，无论结果如何，棚冈佑真的所作所为都不会改变。

关于那部漫画，我跟阵内谈过一次。

遵守了跨越十年的约定，我对他的坚持佩服万分，却实在无法产生尊敬之情。不过我还是对他说："真厉害啊，竟然能——"

当真跑去拜托人家的阵内固然了不起，但最了不起的还是那个漫画家。或许他并不只是败给了阵内的坚持，而是有着作为一名漫画家的执着吧。为了几乎是唯一的却无比重要的读者描绘自己的作品，也是促成他行动的部分原因吧。

不过阵内只是一脸不高兴地"嗯"了一声，好像有点不情愿。我很想知道原因，就问了一句："那是怎么做成书的？"

"现在只要是个人都能做书。我可是自费做的，自费。"

"这句话还是不说比较好。"说出来反倒一点都不帅了。

"不过——"阵内依旧一脸不高兴，感叹道，"那部漫画读到最后还是没什么意思。"

"啊……"

"不过如此。"

我真不知道他到底哪句话是认真的。

我们转过前方的拐角，看到若林走了过来。他穿着一身西装，还打了领带。

"你怎么回事？不是要回去换衣服吗？"就因为他说要回家换上便服，我才跟阵内站在路口等他。

"后来想想，难得这么一次，还是穿西装过去吧。"

"什么叫难得一次。你今后可是每天都要穿着这身死板的西装的。"

"如果被录用的话。"

"嗯。"

阵内自作主张地策划了"庆祝武藤痊愈"活动，让若林也来加入，在若林说"要参加面试"后还径自定了日期，说"那就连同面试结束一起庆祝吧"。

"店我已经预约好了。"阵内说完，走在前头带起路来。

车辆在路面上往来穿梭。一辆白色小轿车在十字路口响起刺耳的鸣笛声，那一瞬间，若林猛地抖了一下。

阵内把我们带到了一家名叫"北京烤鸭酒吧"的店，这家店的招牌菜是北京烤鸭，店里还挺热闹。

我们用富有弹性的薄饼卷起肉和蔬菜，送入口中。

"真好玩，就像手卷寿司一样。"

若林天真的话让阵内冷笑起来。"你就没别的形容了吗？"

"对了，那个人出院了吗？"我问。

"你是说若林用心肺复苏救回来的人？"

"那个啊……"若林不好意思地压低了声音，"可能我不做心肺复苏，他也能得救。"

"怎么可能。"那天晚上，若林拼命按着男人的胸口急救的情景，给我留下了深刻的印象。

"不过他还是对我千恩万谢的。"若林似乎很害羞，脸都红了。

"如果他再打电话给你，说'我想介绍一份工作给像你这样富有责任感的人'，就皆大欢喜了。"阵内嚼着蔬菜条说。

"你是说，为了表示感谢？"

"没错。"而现实并不会如他所愿，正因为知道如此，阵内才苦笑着点了点头。

没过一会儿，若林突然"啊"了一声。他坐下时脱掉了西装外套，这会儿一不小心把酱汁弄到了衬衫右边的袖子上，留下了一块污渍。

"早就说了你该换衣服。"阵内举起筷子指着那块污渍说。

"是啊。"

"如果把另一边袖子也弄上一点，说不定能假装成衣服本来的花纹。"阵内毫不负责地说。

"送去干洗应该能洗掉。"为了让若林放下心来，我忍不住开口道。

"我去洗洗。"若林说着站起来，向洗手间走去。

"主任，"我提了个无关紧要的话题，"你还记得上次去见田村守吗？"

"那是谁？"

"棚冈佑真的朋友。"

"那个接球手？守不住的守。"

"主任，田村守在谈比赛时，你问了他好几次是否真的是漏接，对吧？我当时以为你只是在故意讨人厌，说真的，那到底是什么意思？"

"你刚才不是说了嘛，故意讨人厌。"

"其实主任去看过那场比赛吧？"

"我？去看埼玉县的地区预选赛？你真觉得我有那么闲吗？"阵内一脸严肃地反问道，"你怎么突然想到这个？"

"是棚冈佑真不经意间说出来的。"

最后一次面谈时，我听到棚冈佑真自言自语地说："那个人是不是一直都在关心我和守啊。"

"所以，我就想，你是不是也会经常去看看田村守。"

"你说我吗？"

"嗯。"说着说着，连我自己都开始觉得不可能有那种事了。"我觉得主任你其实知道，那一球根本不是漏接，而是暴投。"

"你胡说什么呢！"

如果那是真的，就意味着田村守是为了保护投手而坚持那是漏接。如果说"那又如何"，我也只能回答"不能如何"，但我还是感觉到，那一点非常重要。

"怎么可能。"

阵内话音刚落，若林就走了回来。"你们在聊什么？"

"不是有句话是弘法不择笔嘛。据说那是骗人的。"阵内面不改色地说。

"那真是骗人的？"

"据说，弘法那个老和尚其实还是挺挑剔的。"

"真的吗？"

"真要说的话，还属于那种对文具特别挑剔的人。"

"别说那种让人心里空落落的话。"

"是不是特别失望？"

"嗯，特别失望。"

阵内和我笑了起来。

没过多久，我们把点的东西几乎都吃完了，若林才低声说："好不容易能跟两位聚一聚，说这个实在有点不好意思……"他看起来已经犹豫了很久要不要说，"我觉得，今天的面试可能没希望。"

"为什么？"

"因为我已经事先把以前那场车祸的事告诉他们了。"

"又来了，你到底怎么回事？"阵内无奈地望向天花板，"我说你是不是蠢？那种事有必要特意说出来吗？"

"说一千也是傻，道一万也是傻，伊凡就是傻。"若林仿佛在极力压抑情感，毫无幽默感地飞快呢喃了这么一句，露出无奈的笑容。"阵内先生，你知道《傻子伊凡的故事》的结局吗？"

"我记得你很喜欢那个结局。"

"嗯。"

"说来听听。"

"有个人找到了伊凡，可能是个穷人吧，那个人对伊凡说，请给我食物。"

"哦。"

"结果伊凡他——"若林突然沉默下来。我觉得莫名其妙，于是看了若林一眼，发现他正紧紧咬住牙关。我知道，他正在拼命压住内心深处喷涌而出的情绪，才会一时说不出话来。他静静等待着激动的心情平静下来，然后调整了呼吸，继续道："伊凡他这样说……"

当然可以，当然可以，不如你就住下来吧——伊凡这样对那个人说。

"啊……"阵内的声音中夹杂着从未有过的迷惘，"原来是这样。"

不如你就住下来吧——那句话在我脑中不断回响。

因为伊凡是个傻瓜，所以他接纳了那个人。

若林的话仿佛飘荡在空气中，在我身边萦绕不去。

我们沉默了片刻，若林先开了口："今天面试时，那家公司的人问我，你曾经闯下了那样的大祸，真的可以像这样过着正常生活吗？你真的在反省吗？"

"是吗……"

我跟公司的法务人员确认过了，像你这种在未成年时犯的罪不会成为前科。但那样真的可以吗？这么宠着你们这种人，你们肯定不会反省。面试官似乎对若林说了这样的话。

"唔……"阵内撇了撇嘴，随后点点头，"说的确实有道理。"

"是啊。"若林跟着点了点头。

"喂，主任……"

"所以说，我们这些调查官再怎么认真干活也没什么意义。凡是干了坏事的人都严加惩罚就好了，对吧？"

"主任，你这么说未免有失偏颇。"

若林低下了头。

"我们无论做什么，反正都是不行的。认真起来太麻烦了。"

"嗯。"

"可是也不能这样说。"阵内叹了口气，"虽然很麻烦，但也不能因为这样就对所有人一律判处重罚。你知道为什么吗？"

"为什么？"

阵内无奈地说："因为有你这种人在。"

"啊？"

"就是因为有你这种人在——"阵内又换上了平常那种不耐烦的语气，"我们才不得不好好干。"

过了好一会儿，若林都没有抬起头。

我带着使命感指出："主任，你可没有好好干。"

就在这时，若林的手机响了。他猛地抬起头，我发现他两眼通红。

"电话……谁打过来的？"

"啊，是那个人，当时那个——"

似乎是那个接受了若林心肺复苏的男子。

"我去接个电话。"若林说着，用袖口擦擦眼睛，站了起来。

阵内懒洋洋地托起下巴，目送着走出店外的若林的背影。

参考和引用文献

《双目失明的人如何看世界》，伊藤亚纱著，光文社新书

《我们需要明格斯（植草甚一剪贴簿 14)》，植草甚一著，晶文社

《周刊 Rahsaan〈罗兰·科克之谜〉》，林建纪著，Prhythm 丛书No. 009

《罗兰·科克传》，约翰·克鲁斯著，林建纪译，河出书房新社

《明格斯自传——败犬之下》，查尔斯·明格斯著，尼尔·金编，稻叶纪雄、黑田晶子译，晶文社

《明格斯／明格斯 两个传说》，詹妮特·科尔曼、艾尔·杨格著，川文丸译，Blues Interactions

《潜水艇》与创作《孩子们》时一样，有幸先由好友武藤俊秀

先生阅读过，并得到了宝贵意见。在此我表示由衷感谢。另外，文中有许多内容是我根据参考资料创作的，还请各位读者明白这是一部虚构的作品。

图书在版编目（C I P）数据

潜水艇 ／（日）伊坂幸太郎著；吕灵芝译. —— 海口：
南海出版公司，2019.8
ISBN 978-7-5442-9594-9

Ⅰ. ①潜… Ⅱ. ①伊… ②吕… Ⅲ. ①长篇小说－日
本－现代 Ⅳ. ① I313.45

中国版本图书馆 CIP 数据核字（2019）第 065074 号

著作权合同登记号 图字：30-2018-028

潜水艇
〔日〕伊坂幸太郎 著
吕灵芝 译

出　　版　南海出版公司　（0898)66568511
　　　　　海口市海秀中路 51 号星华大厦五楼　邮编 570206
发　　行　新经典发行有限公司
　　　　　电话 (010)68423599　邮箱 editor@readinglife.com
经　　销　新华书店

责任编辑　张　锐
特邀编辑　王　雪
装帧设计　韩　笑
内文制作　王春雪

印　　刷　北京盛通印刷股份有限公司
开　　本　850 毫米 ×1168 毫米　1/32
印　　张　8.5
字　　数　168 千
版　　次　2019 年 8 月第 1 版
印　　次　2019 年 8 月第 1 次印刷
书　　号　ISBN 978-7-5442-9594-9
定　　价　49.50 元